CARAMBAIA

ilimitada

Ernesto Sabato

O túnel

Tradução
SÉRGIO MOLINA

Posfácio
CAIO SARACK

[...] em todo caso, havia um só
túnel, escuro e solitário: o meu.

1

Bastará dizer que sou Juan Pablo Castel, o pintor que matou María Iribarne; suponho que o processo está na lembrança de todos e que não serão necessárias maiores explicações sobre minha pessoa.

Se bem que nem o diabo sabe o que é que as pessoas lembram, nem por quê. Na realidade, sempre pensei que não existe memória coletiva, o que talvez seja uma forma de defesa da espécie humana. A frase "todo tempo passado foi melhor" não indica que antes acontecessem menos coisas ruins, mas que – felizmente – as pessoas as lançam no esquecimento. Evidentemente, semelhante frase não tem validade universal; eu, por exemplo, caracterizo-me por lembrar perfeitamente os fatos ruins e, assim, quase poderia dizer que "todo tempo passado foi pior", não fosse o presente parecer-me tão horrível quanto o passado; lembro-me de tantas calamidades, de tantos rostos cínicos e cruéis, de tantas más ações que a memória é para mim como a tormentosa luz que ilumina um sórdido museu da vergonha. Quantas vezes passei horas prostrado num canto escuro do ateliê, depois de ler uma notícia nas páginas policiais! Mas a verdade é que nem sempre o que há de mais vergonhoso na raça humana aparece ali; até certo ponto, os criminosos são pessoas mais limpas, mais inofensivas; não faço essa afirmação por ter eu mesmo matado um ser humano: trata-se de uma convicção honesta e profunda. Um indivíduo é pernicioso? Pois então liquida-se o elemento e pronto. Isso é o que eu chamo uma *boa ação*. Pensem em como é pior para a sociedade que esse indivíduo continue destilando seu veneno e que, em vez de eliminá-lo, pretenda-se fazer frente a sua ação recorrendo a anônimos, maledicências e outras baixezas do gênero. No que me diz respeito, devo confessar que agora lamento não ter aproveitado melhor o tempo de minha liberdade, liquidando seis ou sete sujeitos que conheço.

Que o mundo é horrível é uma verdade que não requer demonstração. Em todo caso, bastaria um fato para prová-lo: num campo de concentração, um ex-pianista queixou-se de fome e foi obrigado a comer uma ratazana, *só que viva*.

Mas não é disso que quero falar agora; mais adiante, se houver oportunidade, voltarei ao assunto da ratazana.

2

Como eu ia dizendo, meu nome é Juan Pablo Castel. Vocês poderão perguntar-se o que me leva a escrever a história do meu crime (não sei se já disse que vou relatar meu crime) e, sobretudo, a procurar um editor. Conheço bem a alma humana para prever que pensarão em vaidade. Pensem o que quiserem: não ligo a mínima; faz tempo que não ligo a mínima para a opinião e a justiça dos homens. Suponham, então, que estou publicando esta história por vaidade. Afinal, sou feito de carne, ossos, cabelo e unhas como qualquer outro homem e acharia muito injusto que exigissem de mim, logo de mim, qualidades especiais; às vezes nos julgamos super-homens, até percebermos que também somos mesquinhos, sujos e pérfidos. Da vaidade não digo nada: creio que ninguém está desprovido desse notável motor do Progresso Humano. Fazem-me rir esses senhores que falam da modéstia de Einstein ou de gente da laia; resposta: *é fácil ser modesto quando se é célebre*; quer dizer, *parecer* modesto. Mesmo quando se imagina que ela não existe em absoluto, surge de repente em sua forma mais sutil: a vaidade da modéstia. Quantas vezes esbarramos com esse tipo de indivíduo! Até um homem, real ou simbólico, como Cristo, pronunciou palavras sugeridas pela vaidade ou no mínimo pela soberba. Que dizer de León Bloy, que se defendia da acusação de soberba argumentando que passara a vida servindo a indivíduos que não lhe chegavam aos pés? A vaidade se encontra nos lugares mais inesperados: ao lado da bondade, da abnegação, da generosidade. Quando eu era pequeno e me desesperava em face da ideia de que minha mãe haveria de morrer um dia (com o passar dos anos, vem-se a saber que a morte não só é suportável como até reconfortante), não imaginava que ela pudesse ter defeitos. Agora que ela não existe, devo dizer que foi tão boa quanto um ser humano pode chegar a sê-lo. Mas recordo, de seus últimos anos, quando eu já era um homem, como de início era doloroso para mim descobrir sob suas melhores ações um sutilíssimo ingrediente de vaidade ou de orgulho. Algo muito mais ilustrativo aconteceu comigo mesmo quando ela foi operada de um câncer. Para chegar a tempo tive de viajar dois dias inteiros sem dormir. Quando cheguei ao lado de sua cama, seu rosto de cadáver conseguiu sorrir-me levemente, com ternura, e murmurou palavras de compadecimento (ela se compadecia de meu cansaço!). E eu senti dentro de mim, obscuramente, o vaidoso orgulho de ter acudido tão rápido. Confesso esse segredo para que vejam até que ponto não me julgo melhor do que os outros.

No entanto, não conto essa história por vaidade. Talvez estivesse disposto a aceitar que há uma dose de orgulho ou de soberba. Mas por que essa mania de querer encontrar explicação para todos os atos da vida? Quando comecei este relato, estava firmemente decidido a não dar explicações de nenhuma espécie. Tinha vontade de contar a história de meu crime e ponto: quem não gostasse que não lesse. Mas duvido, pois essas pessoas que estão sempre atrás de explicações são justamente as mais curiosas, e acho que nenhuma delas perderia a oportunidade de ler a história de um crime até o final.

Eu poderia calar os motivos que me levaram a escrever estas páginas de confissão; mas, como não estou interessado em passar por excêntrico, direi a verdade, que de resto é bastante simples: pensei que elas poderiam ser lidas por muita gente, já que agora sou famoso; e, embora não tenha ilusões acerca da humanidade em geral, nem dos leitores destas páginas em particular, anima-me a tênue esperança de que alguma pessoa chegue a me entender. MESMO QUE SEJA UMA ÚNICA PESSOA.

"Por que", poderá perguntar-se alguém, "apenas uma tênue esperança, se o manuscrito há de ser lido por tantas pessoas?". Esse é o gênero de perguntas que considero inútil. E, não obstante, temos de prevê-las, porque as pessoas vivem fazendo perguntas inúteis, perguntas que o exame mais superficial revela desnecessárias. Posso falar até o cansaço e aos gritos para uma assembleia de 100 mil russos: ninguém me entenderia. Percebem o que quero dizer?

Existiu uma pessoa que poderia me entender. *Mas foi, justamente, a pessoa que matei.*

3

Todos sabem que matei María Iribarne Hunter. Mas ninguém sabe como a conheci, que relações houve exatamente entre nós e como fui me acostumando à ideia de matá-la. Tentarei relatar tudo imparcialmente porque, embora tenha sofrido muito por culpa dela, não tenho a néscia pretensão de ser perfeito.

No Salão de Primavera de 1946 expus um quadro chamado *Maternidade*. Seguia a linha de muitos outros anteriores: como dizem os críticos em seu insuportável dialeto, era sólido, estava bem estruturado. Tinha, enfim, os atributos que esses charlatães encontram em minhas telas, incluindo "certa coisa profundamente intelectual". Mas no alto, à esquerda, através de uma janelinha, via-se uma cena pequena e remota: uma praia solitária e uma mulher fitando o mar. Era uma mulher que olhava como se esperasse alguma coisa, talvez algum chamado fraco e longínquo. A cena sugeria, na minha opinião, uma solidão ansiosa e absoluta.

Ninguém reparou na cena: todos passavam os olhos por ela como se fosse secundária, provavelmente decorativa. Com exceção de uma única pessoa, ninguém pareceu entender que aquela cena era essencial. Foi no dia da inauguração. Uma moça desconhecida ficou muito tempo diante de meu quadro sem dar importância, aparentemente, para a grande mulher em primeiro plano, a mulher que olhava o menino brincar. Em compensação, olhou fixamente a cena da janela, e enquanto o fazia tive certeza de que ela estava isolada do mundo inteiro: não viu nem ouviu as pessoas que passavam ou se detinham diante de minha tela.

Observei-a o tempo todo com ansiedade. Depois ela desapareceu na multidão, enquanto eu vacilava entre um medo invencível e um desejo angustiante de chamá-la. Medo de quê? Talvez fosse um pouco como o medo de apostar todo o dinheiro de que se dispõe na vida em um único número. Entretanto, quando ela desapareceu, senti-me irritado, infeliz, pensando que poderia não vê-la mais, perdida entre os milhões de habitantes anônimos de Buenos Aires.

Essa noite voltei para casa nervoso, descontente, triste. Até o encerramento do salão, fui todos os dias, posicionando-me suficientemente perto para reconhecer as pessoas que paravam diante de meu quadro. Mas ela não apareceu mais.

Durante os meses que se seguiram, só pensei nela, na possibilidade de revê-la. E, de certo modo, só pintei para ela. Foi como se a pequena cena da janela tivesse começado a crescer e a invadir toda a tela e toda a minha obra.

4

Uma tarde, por fim, vi-a na rua. Caminhava pela outra calçada, de maneira resoluta, como quem quer chegar a um lugar definido a uma hora definida.

Reconheci-a imediatamente; poderia tê-la reconhecido no meio de uma multidão. Senti uma indescritível emoção. Pensei tanto nela, durante aqueles meses, imaginei tantas coisas que, ao vê-la, não soube o que fazer.

A verdade é que muitas vezes tinha pensado e planejado minuciosamente minha atitude caso a encontrasse. Creio já ter dito que sou muito tímido; por isso tinha pensado e repensado um provável encontro e a forma de aproveitá-lo. A dificuldade maior com que eu sempre esbarrava nesses encontros imaginários era a forma de iniciar a conversa. Conheço muitos homens que não têm dificuldade para entabular conversa com uma mulher desconhecida. Confesso que houve um tempo em que senti muita inveja deles, pois, embora nunca tenha sido mulherengo, ou justamente por não sê-lo, em duas ou três ocasiões lamentei não poder comunicar-me com uma mulher, nesses raros casos em que parece impossível resignar-se à ideia de que ela será para sempre alheia à nossa vida. Infelizmente, estive condenado a permanecer alheio à vida de qualquer mulher.

Nesses encontros imaginários eu analisara diversas possibilidades. Conheço minha natureza e sei que as situações imprevistas e repentinas me fazem perder todo o tino, à força de atabalhoamento e timidez. Tinha preparado, portanto, algumas variantes que eram lógicas ou pelo menos possíveis. (Não é lógico que um amigo íntimo nos mande um bilhete anônimo insultuoso, mas todos sabemos que é possível.)

A moça, pelo visto, costumava ir a salões de pintura. Caso a encontrasse em algum, eu me colocaria a seu lado e não seria muito complicado iniciar uma conversa a respeito de alguns dos quadros expostos.

Depois de examinar detalhadamente essa possibilidade, descartei-a. *Eu nunca ia a salões de pintura.* Tal atitude pode parecer muito estranha em um pintor, mas na realidade tem sua explicação, e tenho certeza de que se eu resolvesse expô-la todo mundo me daria razão. Bom, talvez exagere ao dizer "todo mundo". Não, *certamente exagero*. Minha experiência tem demonstrado que aquilo que a mim parece claro e evidente quase nunca o é para o resto de meus semelhantes. Estou tão escaldado que agora vacilo mil vezes antes de pôr-me a justificar uma atitude minha e, quase sempre, acabo trancando-me em mim mesmo e não abrindo a boca. Foi justamente essa a causa de eu até hoje não ter decidido fazer o relato de meu crime. Tampouco sei, neste momento, se valerá a pena que explique em detalhe essa minha característica referente aos salões, mas temo que, se não a explicar, pensem tratar-se de mera mania, quando na verdade obedece a razões muito profundas. Na realidade, neste caso há mais de uma razão. Direi, antes de mais nada, que detesto os grupos, as seitas, as confrarias, os círculos e em geral esses conjuntos de bichos esquisitos que se reúnem por razões de profissão, gosto ou mania semelhante. Esses conglomerados têm uma série de atributos grotescos: a repetição do tipo, o jargão, a vaidade de se julgarem superiores ao resto.

Observo que o problema começa a complicar-se, mas não vejo como simplificá-lo. Por outro lado, a quem quiser deixar de ler esta narração neste ponto, basta fazê-lo; fique sabendo de uma vez por todas que conta com minha mais absoluta permissão.

Que quero dizer com isso de "repetição do tipo"? Vocês devem ter observado como é desagradável encontrar alguém que a todo momento pisca um olho ou torce a boca. Mas imaginam todos esses indivíduos reunidos em um clube? Não há necessidade, porém, de chegar a tais extremos: basta observar as famílias numerosas, em que se repetem certos traços, certos gestos, certas inflexões da voz. Aconteceu-me estar apaixonado por uma mulher (anonimamente, é claro) e fugir espavorido ante a possibilidade de conhecer as irmãs. Já me acontecera uma coisa horrenda em outra ocasião: encontrei traços muito interessantes em uma mulher, mas ao conhecer sua irmã fiquei deprimido e envergonhado por muito tempo: os mesmos traços que naquela pareceram-me admiráveis apareciam acentuados e deformados na irmã, um pouco caricaturados. E essa espécie de visão deformada da primeira mulher em sua irmã produziu em mim, além dessa sensação, um sentimento de vergonha, como se eu fosse em parte culpado pela luz levemente ridícula que a irmã lançava sobre a mulher que eu tanto admirara.

Talvez essas coisas me aconteçam por ser pintor, pois tenho notado que as pessoas não dão importância a essas deformações de família. Devo acrescentar que uma coisa parecida me acontece em relação aos pintores que imitam um grande mestre, como, por exemplo, aqueles malfadados infelizes que pintam à maneira de Picasso.

Além disso, há o problema do jargão, outra das características que menos suporto. Basta examinar qualquer um destes exemplos: a psicanálise, o comunismo, o fascismo, o jornalismo. Não tenho preferências; todos me são repugnantes. Tomo o exemplo que me ocorre neste momento: a psicanálise. O dr. Prato tem muito talento e eu o julgava um verdadeiro amigo, tanto que sofri uma terrível decepção quando todos começaram a me perseguir e ele se uniu a essa corja; mas deixemos isso para lá. Um dia, assim que cheguei a seu consultório, Prato disse que tinha de sair e me convidou para ir com ele:

— Aonde? – perguntei.

— A um coquetel na Sociedade – respondeu.

— Que Sociedade? – perguntei com oculta ironia, pois se há uma coisa que me tira do sério é esse modo de empregar o artigo definido que é comum a todos eles: *a* Sociedade, em vez de a Sociedade Psicanalítica; *o* Partido, em vez de o Partido Comunista; *a* Sétima, em vez de a *Sétima Sinfonia* de Beethoven.

Olhou-me com estranheza, mas eu o encarei com ingenuidade.

— A Sociedade Psicanalítica, homem – respondeu, olhando-me com aqueles olhos penetrantes que os freudianos creem obrigatórios em sua profissão, e como se também se perguntasse: "Que outra maluquice será que vai dar nesse sujeito?".

Lembrei-me de ter lido alguma coisa sobre uma reunião ou congregação presidida por um certo dr. Bernard, ou Bertrand. Certo de que não podia ser isso, perguntei se era isso. Ele me olhou com um sorriso de desprezo.

— São uns charlatães – comentou. — A única sociedade psicanalítica reconhecida internacionalmente é a nossa.

Voltou para sua sala, procurou em uma gaveta e por fim me mostrou uma carta em inglês. Olhei-a por cortesia.

— Não sei inglês – expliquei.

— É uma carta de Chicago. Nos reconhece como a única sociedade de psicanálise da Argentina.

Fiz cara de admiração e profundo respeito.

Em seguida saímos e fomos de automóvel até o local. Havia gente que não acabava mais. Alguns eu conhecia de nome, como o dr. Goldenberg, que ultimamente ganhara muito renome: por ter tentado curar uma mulher, os dois tinham sido mandados para o manicômio. Acabava de sair. Olhei-o atentamente, mas não me pareceu pior do que os outros, até me pareceu mais calmo, talvez como resultado da clausura. Elogiou meus quadros de tal maneira que percebi que os detestava.

Tudo era tão elegante que senti vergonha de meu terno velho e de minhas joelheiras. E, no entanto, a sensação de grotesco que eu experimentava não vinha exatamente daquilo, mas de alguma coisa que eu não conseguia definir. Culminou quando uma moça muito fina, enquanto me oferecia sanduíches, comentava com um senhor não sei que problema de masoquismo anal. É provável, portanto, que aquela sensação resultasse da diferença de potencial entre os móveis modernos, limpíssimos, funcionais, e damas e cavalheiros tão asseados proferindo palavras geniturinárias.

Tentei buscar refúgio em algum canto, mas foi impossível. O apartamento estava abarrotado de gente idêntica que dizia permanentemente a mesma coisa. Então fugi para a rua. Ao encontrar pessoas habituais (um jornaleiro, um garoto, um motorista), de repente pareceu-me fantástico que em um apartamento houvesse aquele amontoamento.

Contudo, de todos os conglomerados detesto particularmente o dos pintores. Em parte, naturalmente, porque é o que conheço melhor, e já se sabe que se pode detestar com mais razão aquilo que se conhece a fundo. Mas tenho outra razão: OS CRÍTICOS. Essa é uma praga que não consigo entender. Se eu fosse um grande cirurgião, e um senhor que nunca pegou num bisturi, nem é médico, nem imobilizou a pata de um gato, viesse me explicar os erros de minha operação, o que se pensaria? O mesmo acontece com a pintura. O estranho é que as pessoas não percebam que é a mesma coisa e que, embora riam das pretensões de um crítico de cirurgia, escutem esses charlatães com incrível respeito. Seria possível escutar com algum respeito os juízos de um crítico que alguma vez tivesse pintado, ainda que não fosse mais do que um par de telas medíocres. Mas mesmo nesse caso seria absurdo, pois como se pode achar razoável que um pintor medíocre dê conselhos a um bom?

5

Afastei-me de meu caminho. Mas é por causa de minha maldita mania de querer justificar cada um dos meus atos. Para que diabos explicar a razão de eu não ir a salões de pintura? Acho que cada um tem o direito de comparecer ou não, se lhe der na veneta, sem necessidade de apresentar um extenso arrazoado justificativo. Aonde se chegaria, do contrário, com semelhante mania? Mas, enfim, já está feito, e eu ainda teria muito mais a dizer sobre esse assunto das exposições: as murmurações dos colegas, a cegueira do público, a imbecilidade dos encarregados de preparar o salão e distribuir os quadros. Felizmente (ou infelizmente) nada disso me interessa mais; do contrário, talvez escrevesse um longo ensaio intitulado *De como o pintor deve defender-se dos amigos da pintura*.

Tinha de descartar, portanto, a possibilidade de encontrá-la em uma exposição.

Mas podia ser que ela tivesse um amigo que por sua vez fosse meu amigo. Nesse caso, bastaria uma simples apresentação. Ofuscado pela desagradável luz da timidez, atirei-me gostosamente nos braços dessa possibilidade. Uma simples apresentação! Tudo ficava tão fácil, tão amável! O ofuscamento impediu-me de ver imediatamente o absurdo de semelhante ideia. Naquele momento não pensei que encontrar um amigo dela era tão difícil quanto encontrar um amigo sem saber quem ela era. Mas, se soubesse quem era ela, para que recorrer a um terceiro? Restava, é verdade, a pequena vantagem da apresentação, que eu não menosprezava. Mas, evidentemente, o problema básico era encontrá-la e *depois*, em todo caso, procurar um amigo comum para que nos apresentasse.

Restava o caminho inverso: ver se um de meus amigos era, por acaso, amigo dela. Isso, sim, podia ser feito sem encontrá-la previamente, pois bastaria interrogar cada um dos meus conhecidos acerca de uma moça de tal estatura e de cabelo assim e assim. Tudo isso, porém, pareceu-me uma espécie de frivolidade e o descartei: senti vergonha só de imaginar-me fazendo perguntas dessa natureza a pessoas como Mapelli ou Lartigue.

Julgo conveniente deixar claro que não descartei essa variante por descabelada: só o fiz pelas razões que expus acima. De fato, alguém poderia julgar descabelado imaginar a remota possibilidade de que um conhecido meu fosse por sua vez conhecido dela. Poderá parecê-lo a um espírito superficial, mas não a quem está acostumado a refletir sobre os problemas humanos. Existem na sociedade *estratos horizontais*, formados pelas pessoas de gostos semelhantes, e nesses estratos não são raros os encontros casuais (?), sobretudo quando a causa da estratificação é algum traço de minorias. Aconteceu-me encontrar uma pessoa em um bairro de Berlim, depois em um lugarejo quase desconhecido da Itália e, por fim, em uma livraria de Buenos Aires. É razoável atribuir ao acaso esses encontros repetidos? Mas estou dizendo uma trivialidade: qualquer pessoa aficionada da música, do esperanto, do espiritismo sabe disso.

Teria de cair, portanto, na alternativa mais temida: o encontro na rua. Como diabos fazem certos homens para deter uma mulher, para entabular conversa e até iniciar uma aventura? Descartei sumariamente todo arranjo que começasse com uma iniciativa de minha parte: minha ignorância dessa técnica de rua e meu rosto me levaram a tomar essa decisão melancólica e definitiva.

Não me restava senão esperar uma feliz circunstância, dessas que costumam apresentar-se uma vez num milhão: que ela falasse primeiro. De modo que minha felicidade estava entregue a uma remotíssima loteria, em que era preciso ganhar uma vez para ter direito a jogar de novo e só receber o prêmio no caso de ganhar nessa segunda rodada. Efetivamente, tinha de dar-se a possibilidade de eu me encontrar com ela e depois a possibilidade, mais remota ainda, de que ela me dirigisse a palavra. Senti uma espécie de vertigem, de tristeza e de desesperança. Mas, não obstante, continuei preparando minha posição.

Imaginava, então, que ela falava comigo, por exemplo para perguntar-me um endereço ou sobre um ônibus; e a partir dessa frase inicial construí, durante meses de reflexão, de melancolia, de raiva, de abandono e de esperança, uma série interminável de variantes. Em algumas eu era loquaz, espirituoso (nunca o fui, na realidade); em outras era sóbrio; em outras imaginava-me risonho. Às vezes, o que é extremamente singular, respondia bruscamente à pergunta dela e até com raiva contida; aconteceu (em um desses encontros imaginários) de a entrevista malograr-se por irritação absurda de minha parte, por recriminar-lhe quase grosseiramente uma consulta que julgava inútil ou irrefletida. Esses encontros fracassados me enchiam de amargura, e durante vários dias eu me recriminava pela inabilidade com que perdera uma oportunidade tão remota de entabular relação com ela; felizmente, acabava percebendo que tudo aquilo era imaginário e que ao menos continuava existindo a possibilidade real. Então voltava a me preparar com mais entusiasmo e a imaginar novos e mais frutíferos diálogos de rua. Em geral, a maior dificuldade residia em vincular a pergunta dela a algo tão genérico e distante das preocupações diárias como a essência geral da arte ou, pelo menos, a impressão que lhe causara minha janelinha. Claro, quando se tem tempo e calma, sempre é possível estabelecer logicamente, sem choque, esse tipo de vínculo; em uma reunião social há tempo de sobra e de certo modo todos estão ali para estabelecer esse tipo de vínculo entre assuntos totalmente estranhos; mas na agitação de uma rua de Buenos Aires, entre pessoas que perseguem ônibus e que nos atropelam, é claro que se devia quase descartar uma conversa desse tipo. Mas por outro lado não podia descartá-la sem cair em uma situação irremediável para meu destino. Voltava, portanto, a imaginar diálogos, os mais eficazes e rápidos possíveis, partindo da frase "Onde fica o Correio Central?" e chegando à discussão de certos problemas do expressionismo ou do surrealismo. Não era nada fácil.

Numa noite de insônia cheguei à conclusão de que era inútil e artificioso tentar uma conversa dessas e que era preferível atacar bruscamente o ponto central, com uma pergunta corajosa, apostando tudo em um único número. Por exemplo, perguntando: "Por que olhou apenas a janelinha?". É comum que nas noites de insônia eu seja teoricamente mais resoluto que durante o dia, diante dos fatos. No dia seguinte, ao analisar friamente essa possibilidade, concluí que nunca teria coragem suficiente para fazer aquela pergunta à queima-roupa. Como sempre, o desalento me fez cair no outro extremo: imaginei então uma pergunta tão indireta que para chegar ao ponto que me interessava (a janela) quase se requeria uma longa amizade: uma pergunta do gênero "Você se interessa por arte?".

Não me lembro agora de todas as variantes que pensei. Só lembro que havia algumas tão complicadas que eram praticamente imprestáveis. Seria um acaso demasiado prodigioso que a realidade depois coincidisse com uma chave tão complicada, preparada de antemão na ignorância da forma da fechadura. Mas acontecia que, após o exame de tantas variantes arrevesadas, eu esquecia a ordem das perguntas e respostas ou as embaralhava, como acontece no xadrez quando imaginamos jogadas de memória. E muitas vezes também me acontecia substituir frases de uma variante por frases de outra, com resultados ridículos ou desanimadores. Por exemplo, abordá-la para indicar-lhe um endereço e em seguida perguntar: "Você se interessa muito por arte?". Era grotesco.

Quando chegava a essa situação, descansava por vários dias de avaliar combinações.

6

Ao vê-la caminhar pela calçada em frente, todas as variantes se amontoaram e reviraram em minha cabeça. Confusamente, senti que surgiam em minha consciência frases inteiras elaboradas e decoradas naquela longa ginástica preparatória: "Você se interessa muito por arte?", "Por que olhou somente a janelinha?" etc. Mais insistente do que qualquer outra, surgia uma frase que eu havia descartado por grosseira e que naquele momento me enchia de vergonha e me fazia sentir ainda mais ridículo: "Gosta de Castel?".

As frases, soltas e embaralhadas, formavam um tumultuoso quebra-cabeça em movimento, até que compreendi que era inútil preocupar-me desse modo: recordei que era ela quem devia tomar a iniciativa de qualquer conversa. E a partir desse instante me senti tolamente sossegado, e acho que até cheguei a pensar, também tolamente: "Vamos ver como ela vai se arranjar".

Enquanto isso, e apesar desse raciocínio, eu me sentia tão nervoso e emocionado que não atinava com outra coisa a não ser acompanhar sua marcha pela calçada em frente, sem pensar que, se queria pelo menos dar-lhe a hipotética oportunidade de pedir uma informação, tinha de atravessar a rua e me aproximar dela. Nada mais grotesco, de fato, do que imaginá-la pedindo aos gritos, do outro lado, uma informação.

O que faria? Até quando duraria aquela situação? Senti-me infinitamente desgraçado. Caminhamos vários quarteirões. Ela continuou caminhando com decisão.

Eu estava muito triste, mas tinha de ir até o fim: não era possível que depois de esperar aquele instante durante meses deixasse escapar a oportunidade. E o fato de andar rapidamente enquanto meu espírito vacilava tanto produzia em mim uma sensação singular: meu pensamento era como um verme cego e lerdo dentro de um automóvel em alta velocidade.

Ela virou na esquina da rua San Martín, caminhou alguns passos e entrou no prédio da Companhia T. Percebi que eu tinha de tomar uma decisão rápida e entrei atrás dela, mesmo sentindo que naquele momento estava fazendo uma coisa descabida e monstruosa.

Estava esperando o elevador. Não havia mais ninguém. Alguém mais ousado que eu pronunciou de meu interior esta pergunta incrivelmente estúpida:

— Este é o prédio da Companhia T.?

Um cartaz de vários metros de comprimento, que ocupava toda a fachada do edifício, proclamava que, de fato, aquele era o prédio da Companhia T.

Não obstante, ela se virou com singeleza e me respondeu afirmativamente. (Mais tarde, refletindo sobre minha pergunta e sobre a singeleza e tranquilidade com que ela me respondeu, cheguei à conclusão de que, afinal de contas, muitas vezes acontece de não vermos cartazes grandes demais; e que, portanto, a pergunta não era tão irremediavelmente idiota como eu havia pensado num primeiro momento.) Mas logo em seguida, ao me olhar, ela corou tão intensamente que percebi que me reconhecera. Uma variante que eu jamais tinha pensado e, no entanto, muito lógica, pois minha fotografia aparecera muitíssimas vezes em revistas e jornais.

Emocionei-me tanto que só atinei com outra pergunta infeliz. Disse-lhe bruscamente:

— Por que corou?

Ela corou ainda mais e ia talvez responder alguma coisa quando, já completamente perdido o controle, acrescentei atabalhoadamente:

— A senhora corou porque me reconheceu. E a senhora pensa que isto é uma coincidência, mas não é coincidência, não existem coincidências. Tenho pensado na senhora durante vários meses. Hoje a encontrei na rua e a segui. Tenho uma pergunta importante para lhe fazer, uma pergunta sobre a janelinha, entende?

Ela estava assustada:

— A janelinha? – balbuciou. — Que janelinha?

Senti as pernas afrouxarem. Seria possível que não se lembrasse da janelinha? Então não lhe dera a menor importância, tinha olhado para ela por simples curiosidade. Senti-me grotesco e pensei vertiginosamente que tudo o que havia pensado e feito durante meses (incluindo aquela cena) era o cúmulo do descabido e do ridículo, uma daquelas minhas típicas construções imaginárias, tão pretensiosas quanto as reconstruções de dinossauros realizadas a partir de uma vértebra partida.

A moça estava à beira do pranto. Pensei que o mundo desabava, sem atinar com nada tranquilo ou eficaz. Vi-me dizendo uma coisa que agora tenho vergonha de escrever:

— Vejo que me enganei. Boa tarde.

Saí apressadamente e me pus a caminhar quase correndo numa direção qualquer. Devia ter caminhado um quarteirão quando ouvi atrás de mim uma voz que me dizia:

— Senhor, senhor!

Era ela, que me seguira sem se animar a me deter. Ali estava e não sabia como justificar o ocorrido. Em voz baixa disse:

— Desculpe, senhor... Desculpe minha estupidez... fiquei tão assustada.

O mundo tinha sido, instantes atrás, um caos de objetos e seres inúteis. Senti que ele voltava a refazer-se e a obedecer a uma ordem. Escutei-a mudo.

— Não me dei conta de que o senhor estava perguntando pela cena do quadro – disse trêmula.

Sem perceber, agarrei-a pelo braço.

— Então se recorda dela?

Ficou um momento sem falar, fitando o chão. Depois disse com lentidão.

— Eu me recordo dela constantemente.

Em seguida aconteceu uma coisa curiosa: pareceu arrepender-se do que acabara de dizer, pois girou bruscamente e saiu quase correndo. Depois de um instante de surpresa, corri atrás dela, até que percebi o ridículo da cena; olhei então para todos os lados e continuei caminhando a passo rápido porém normal. Tal decisão foi motivada por duas reflexões: primeiro, que era grotesco um homem conhecido correr pela rua atrás de uma moça; segundo, *que não era necessário.* Isso era o essencial: poderia vê-la a qualquer momento, na entrada ou na saída do escritório. Para que correr como louco? O importante, o verdadeiramente importante, era que ela se recordava da cena da janelinha: "Ela se recordava constantemente". Estava contente, achava-me capaz de grandes coisas e só me recriminava por ter perdido o controle ao pé do elevador e agora, outra vez, por correr como um louco atrás dela, quando era evidente que poderia vê-la a qualquer momento no escritório.

7

“No escritório?”, perguntei-me de repente em voz alta, quase aos gritos, sentindo as pernas afrouxarem de novo. E quem tinha dito que ela trabalhava lá? A ideia de perdê-la por vários meses mais, ou quem sabe para sempre, deu-me vertigem, e já sem pensar em conveniências corri como um desesperado; logo me encontrei na porta da Companhia T. e não a via em parte alguma. Teria tomado o elevador? Pensei em interrogar o ascensorista, mas como perguntar-lhe? Podiam já ter subido muitas mulheres e eu teria então que especificar detalhes: que pensaria o ascensorista? Andei algum tempo pela calçada, indeciso. Depois atravessei para a outra calçada e examinei a fachada do prédio, não sei por quê. Talvez com a vaga esperança de ver a moça a uma das janelas? Entretanto, era absurdo pensar que ela pudesse sair à janela para me fazer sinais ou algo parecido. Só vi o gigantesco cartaz que dizia:

COMPANHIA T.

Calculei a olho que devia ter uns 20 metros de largura; esse cálculo aumentou meu mal-estar. Mas agora não tinha tempo para me entregar a esse sentimento: trataria de me torturar mais tarde, com calma. Por ora, não vi outra solução senão entrar. Energicamente, adentrei o prédio e esperei o elevador descer; mas à medida que ele ia descendo notei que minha determinação diminuía, ao mesmo tempo que minha habitual timidez crescia tumultuosamente. De modo que quando a porta do elevador se abriu já estava perfeitamente decidido o que eu devia fazer: *não diria uma única palavra.* Claro que, nesse caso, para que tomar o elevador? No entanto, chamaria atenção não fazê-lo, depois de ter esperado visivelmente na companhia de várias pessoas. Como interpretariam semelhante fato? Não encontrei outra solução senão tomar o elevador, mantendo, é claro, minha posição de *não pronunciar uma única palavra*; coisa perfeitamente factível e até mais normal que o contrário: o usual é que ninguém se sinta na obrigação de falar no interior de um elevador, a menos que se seja amigo do ascensorista, e nesse caso será natural perguntar-lhe pelo tempo ou pelo filho doente. Mas, como eu não tinha nenhuma relação e na verdade nunca até aquele momento vira aquele homem, minha decisão de não abrir a boca não podia causar a mais mínima complicação. O fato de haver várias pessoas facilitava minha tarefa, fazendo com que eu passasse despercebido.

Entrei tranquilamente no elevador, portanto, e as coisas ocorreram como previsto, sem nenhuma dificuldade; alguém comentou com o ascensorista sobre o calor úmido e esse comentário aumentou meu bem-estar, pois confirmava minhas deduções. Experimentei um leve nervosismo ao dizer "oitavo", mas ele só poderia ter sido notado por alguém que estivesse a par dos fins que eu perseguia naquele momento.

Ao chegar ao oitavo andar, vi que outra pessoa saía comigo, o que complicava um pouco a situação; caminhando lentamente esperei o outro entrar em uma das salas enquanto eu continuava caminhando pelo corredor. Então respirei aliviado; dei umas voltas pelo corredor, fui até o extremo, olhei o panorama de Buenos Aires por uma janela, voltei e por fim chamei o elevador. Pouco depois estava na porta do prédio sem que tivesse acontecido nenhuma das cenas desagradáveis que eu temera (perguntas estranhas do ascensorista etc.). Acendi um cigarro e não tinha acabado de acendê-lo quando percebi que minha tranquilidade era um tanto absurda: era verdade que não tinha acontecido nada desagradável, mas também era verdade que *não tinha acontecido nada em absoluto*. Em outras palavras mais cruas: havia perdido a moça, a menos que ela trabalhasse regularmente naqueles escritórios; pois se tivesse entrado apenas para resolver algum assunto já poderia ter subido e descido, desencontrando-se de mim. "Claro que" – pensei – "se ela entrou para resolver algum assunto também é possível que não tenha concluído em tão pouco tempo". Essa reflexão animou-me novamente e resolvi esperar ao pé do edifício.

Fiquei uma hora à espera, sem resultado. Analisei as diversas possibilidades que se apresentavam:

O assunto era demorado; nesse caso, eu tinha de continuar esperando.

Depois do ocorrido, talvez ela estivesse muito agitada e tivesse ido dar uma volta antes de resolver o assunto; também cabia esperar.

Ela trabalhava ali; nesse caso, teria de esperar até a hora da saída.

"De modo que esperando até essa hora" – raciocinei – "cubro as três possibilidades".

Essa lógica me pareceu de ferro e me tranquilizou o bastante para que eu decidisse esperar com serenidade no café da esquina, de cuja calçada podia vigiar a saída das pessoas. Pedi uma cerveja e olhei o relógio: eram três e quinze.

Conforme o tempo ia passando fui me agarrando à última hipótese: ela trabalhava ali. Às seis me levantei, pois parecia melhor esperar na porta do edifício: sem dúvida sairia muita gente de uma vez e eu poderia não vê-la do café.

Às seis e alguns minutos começou a sair o pessoal.

Às seis e meia tinham saído quase todos, como se inferia do fato de ralearem cada vez mais. Às quinze para as sete não saía quase ninguém: só, de vez em quando, algum alto executivo; a menos que ela fosse uma alta executiva ("absurdo", pensei) ou secretária de um alto executivo ("isso sim", pensei com uma leve esperança).

Às sete estava tudo acabado.

8

Enquanto voltava para casa profundamente deprimido, tentava pensar com clareza. Meu cérebro é um fervedouro, mas quando fico nervoso as ideias se sucedem nele como em um vertiginoso balé; apesar disso, ou talvez por isso mesmo, fui me acostumando a governá-las e a ordená-las rigorosamente; se assim não fosse, acho que não tardaria a enlouquecer.

Como disse, voltei para casa em um estado de profunda depressão, mas nem por isso deixei de ordenar e classificar as ideias, pois senti que era necessário pensar com clareza se não quisesse perder para sempre a única pessoa que evidentemente havia compreendido minha pintura.

Ou ela entrou no prédio para resolver algum assunto, ou trabalhava ali; não havia outra possibilidade. Evidentemente, a segunda hipótese era a mais favorável. Nesse caso, ao separar-se de mim, ela teria se sentido transtornada e decidido voltar para casa: era necessário esperá-la, portanto, no dia seguinte, diante da entrada.

Essas eram as duas hipóteses favoráveis. A outra era terrível: o assunto tinha sido resolvido enquanto eu me dirigia ao prédio e durante minha aventura de ida e volta no elevador. Ou seja, tínhamos cruzado nossos caminhos sem nos ver. O tempo de todo esse processo era muito breve e era muito improvável que as coisas tivessem acontecido desse modo, mas era possível: o famoso assunto bem podia limitar-se à entrega de uma carta, por exemplo. Em tais condições pareceu-me inútil voltar no dia seguinte para esperar.

Havia, no entanto, duas possibilidades favoráveis, e aferrei-me a elas com desespero.

Cheguei em minha casa com uma mescla de sentimentos: por um lado, toda vez que pensava na frase que ela dissera ("Eu me recordo dela constantemente"), meu coração batia com violência, e senti que à minha frente se abria uma obscura mas vasta e poderosa perspectiva; intuí que uma grande força, até aquele momento adormecida, se desencadearia em mim. Por outro lado, imaginei que poderia se passar muito tempo antes que tornasse a encontrá-la. Era necessário encontrá-la. Peguei-me dizendo em voz alta, várias vezes: "É necessário, é necessário!".

9

No dia seguinte, de manhã cedo, lá estava eu postado em frente à porta dos escritórios da T. Entraram todos os empregados, mas ela não apareceu: era claro que não trabalhava ali, embora restasse a tênue hipótese de que tivesse adoecido e não fosse ao escritório por vários dias.

Restava, ainda, a possibilidade do assunto a resolver, de modo que decidi esperar toda a manhã no café da esquina.

Já havia perdido toda esperança (seriam por volta de onze e meia) quando a vi sair da boca do metrô. Terrivelmente agitado, levantei-me de um salto e fui a seu encontro. Quando ela me viu, estacou como se de repente se tivesse transformado em pedra: era evidente que não contava com semelhante aparição. Curioso, mas a sensação de que minha mente trabalhara com rigor férreo me dava uma energia inusitada: sentia-me forte, estava possuído por uma decisão viril e disposto a tudo. Tanto que a tomei por um braço quase com brutalidade e, sem dizer uma palavra, arrastei-a pela rua San Martín em direção à praça. Parecia desprovida de vontade; não disse uma palavra.

Quando já havíamos caminhado uns dois quarteirões, perguntou-me:

— Para onde está me levando?

— Para a praça San Martín. Tenho muito o que falar

com a senhora – respondi, enquanto continuava caminhando com decisão, sempre arrastando-a pelo braço.

Ela murmurou alguma coisa relativa aos escritórios da T., mas eu continuava a arrastá-la e não ouvi nada do que me dizia.

Acrescentei:

— Tenho muitas coisas para falar com a senhora.

Ela não oferecia resistência: eu me sentia como um rio caudaloso arrastando uma ramagem. Chegamos à praça e procurei um banco isolado.

— Por que fugiu? – foi a primeira coisa que lhe perguntei. Olhou-me com aquela expressão que eu tinha notado no dia anterior, quando me disse "eu me recordo dela constantemente": era um olhar estranho, fixo, penetrante, parecia vir de trás; aquele olhar me lembrava alguma coisa, uns olhos parecidos, mas não conseguia recordar onde os vira.

— Não sei – respondeu por fim. — Também gostaria de fugir agora.

Apertei seu braço.

— Prometa que não irá embora nunca mais. Preciso da senhora, preciso muito – disse-lhe.

Voltou a me olhar como se me escrutasse, mas não fez nenhum comentário. Depois fixou os olhos numa árvore distante.

De perfil não me lembrava nada. Seu rosto era lindo mas tinha algo duro. O cabelo era longo e castanho. Fisicamente, não aparentava muito mais do que 26 anos, mas havia algo nela que sugeria mais idade, algo típico de uma pessoa que viveu muito; não cabelo branco nem nenhum desses indícios puramente materiais, e sim algo indefinido e certamente de ordem espiritual; talvez o olhar, mas até que ponto se pode dizer que o olhar de um ser humano é algo físico? Talvez a maneira de apertar a boca, pois, embora a boca e os lábios sejam elementos físicos, a maneira de apertá-los e certas rugas são também elementos espirituais. Não pude definir naquele momento, nem tampouco poderia definir agora, o que era, afinal, que transmitia aquela impressão de idade. Penso que também poderia ser seu modo de falar.

— Preciso muito da senhora – repeti.

Ela não respondeu: continuava fitando a árvore.

— Por que não fala? – perguntei.

Sem deixar de fitar a árvore, respondeu:

— Não sou ninguém. O senhor é um grande artista. Não vejo para que pode precisar de mim.

Gritei com brutalidade:

— Estou dizendo que preciso da senhora! Não entende?

Sempre fitando a árvore, ela sussurrou:

— Para quê?

Não respondi imediatamente. Soltei seu braço e fiquei pensativo. De fato, para quê? Até aquele momento eu não me fizera a pergunta com clareza e tinha mais ou menos obedecido a uma espécie de instinto. Com um graveto comecei a traçar desenhos geométricos na terra.

— Não sei – murmurei depois de um bom tempo. — Ainda não sei.

Refletia intensamente e com o graveto ia tornando os desenhos cada vez mais complicados.

— Minha cabeça é um labirinto escuro. Às vezes há como relâmpagos que iluminam alguns corredores. Nunca sei bem por que faço certas coisas. Não, não é isso...

Sentia-me bastante tolo: de modo algum era aquela minha maneira de ser. Fiz um grande esforço mental: por acaso eu não raciocinava? Ao contrário, meu cérebro estava constantemente raciocinando como uma máquina de calcular; por exemplo, naquela mesma história, não passara meses raciocinando e levantando hipóteses e classificando-as? E, de certo modo, não tinha por fim encontrado María graças a minha capacidade lógica? Senti que estava perto da verdade, muito perto, e tive medo de perdê-la: fiz um enorme esforço.

Gritei:

— Não que eu não saiba raciocinar! Ao contrário, raciocino sempre. Mas imagine um capitão que a cada instante determina matematicamente sua posição e segue sua rota rumo ao objetivo com um rigor implacável. Mas que *não sabe por que vai em direção a esse objetivo*. Entende?

Olhou-me um instante com perplexidade; depois voltou novamente a fitar a árvore.

— Sinto que a senhora será essencial para o que tenho de fazer, embora ainda não saiba a razão.

Voltei a desenhar com o graveto e continuei fazendo um grande esforço mental. Passado algum tempo, acrescentei:

— Por enquanto sei que é alguma coisa ligada à cena da janela: a senhora foi a única pessoa que lhe deu importância.

— Não sou crítica de arte – ela murmurou. Enfureci-me e gritei:

— Não me fale desses cretinos!

Virou-se surpresa. Então baixei a voz e lhe expliquei por que não acreditava nos críticos de arte: enfim, a teoria do bisturi e tudo o mais. Ela me escutou, sempre sem me olhar, e quando terminei comentou:

— O senhor se queixa, mas os críticos sempre o elogiaram.

Indignei-me.

— Tanto pior para mim! Não entende? É uma das coisas que têm me amargurado e me feito pensar que estou no mau caminho. Veja por exemplo o que aconteceu nesse salão: nenhum desses charlatães se deu conta da importância dessa cena. Uma única pessoa lhe deu importância: a senhora. E a senhora não é um crítico. Não, na realidade há outra pessoa que lhe deu importância, mas negativa: recriminou-me por causa dela, causa-lhe apreensão, quase nojo. A senhora, em compensação...

Sempre olhando para a frente, ela disse com lentidão:

— E eu não poderia ser da mesma opinião?

— Que opinião?

— A dessa pessoa.

Olhei para ela com ansiedade; mas seu rosto, de perfil, era inescrutável, com as mandíbulas cerradas. Respondi com firmeza:

— A senhora pensa como eu.

— E o que é que o senhor pensa?

— Não sei, também não poderia responder a essa pergunta. Melhor seria dizer que a senhora *sente* como eu. A senhora olhava aquela cena como eu mesmo poderia ter olhado em seu lugar. Não sei o que pensa e tampouco sei o que penso, mas sei que pensa como eu.

— Mas então o senhor não pensa seus quadros?

— Antes eu os pensava muito, construía cada um deles como se constrói uma casa. Mas essa cena não: sentia que devia pintá-la assim, sem saber bem por quê. E continuo sem saber. Na realidade, não tem nada a ver com o resto do quadro e acho até que um desses idiotas assinalou isso. Estou caminhando às escuras e preciso de sua ajuda porque sei que a senhora sente como eu.

— Não sei exatamente o que o senhor pensa.

Eu começava a perder a paciência. Respondi secamente.

— Não estou dizendo que não sei o que penso? Se eu pudesse dizer com palavras claras o que sinto, seria quase como pensar claro. Não é verdade?

— Sim, é verdade.

Calei-me um momento e pensei, procurando ver claramente. Depois acrescentei:

— Poderia dizer que toda a minha obra anterior é mais superficial.

— Que obra anterior?

— A anterior à janela.

Concentrei-me novamente e em seguida lhe disse:

— Não, não é isso exatamente, não é isso. Não que fosse mais superficial.

O que era, na verdade? Nunca, até aquele momento, eu parara para pensar no problema; agora percebia até que ponto havia pintado a cena da janela como um sonâmbulo.

— Não, não é que fosse mais superficial – acrescentei, como se falasse para mim mesmo. — Não sei, tudo isso tem algo a ver com a humanidade em geral, entende? Lembro que dias antes de pintá-la eu tinha lido que num campo de concentração alguém pediu comida e obrigaram essa pessoa a comer uma ratazana viva. Às vezes acho que nada tem sentido. Em um planeta minúsculo, que há milhões de anos corre em direção ao nada, nascemos em meio a dores, crescemos, lutamos, adoecemos, sofremos, fazemos sofrer, gritamos, morremos, pessoas morrem e outras estão nascendo para voltar a começar a comédia inútil.

Seria isso, realmente? Fiquei refletindo sobre essa ideia da falta de sentido. Toda a nossa vida seria uma série de gritos anônimos em um deserto de astros indiferentes?

Ela continuava em silêncio.

— Essa cena da praia me dá medo – acrescentei depois de um longo tempo –, mas sei que é mais profundo. Não, quero dizer que representa mais profundamente a *mim*... É isso. Não é uma mensagem clara, ainda não, mas representa profundamente a *mim*.

Ouvi-a dizer:

— Uma mensagem de desesperança, talvez?
Olhei para ela com ansiedade:
— Isso mesmo – respondi –, acho que uma mensagem de desesperança. Viu como a senhora sente como eu?
Depois de um momento, perguntou:
— E o senhor acha elogiável uma mensagem de desesperança?
Observei-a com surpresa.
— Não – devolvi –, acho que não. E a senhora o que pensa?
Ficou um tempo bastante longo sem responder; por fim voltou o rosto e seus olhos se cravaram em mim.
— A palavra elogiável não tem nada a fazer aqui – disse, como se respondesse a sua própria pergunta. — O que importa é a verdade.
— E a senhora acha que essa cena é verdadeira? – perguntei.
Quase com dureza, afirmou:
— Claro que é verdadeira.
Fitei ansiosamente seu rosto duro, seu olhar duro. "Por que essa dureza?", eu me perguntava, "por quê?". Talvez ela tenha sentido minha ansiedade, minha necessidade de comunhão, porque por um instante seu olhar se abrandou e pareceu estender uma ponte; mas senti que era uma ponte transitória e frágil suspensa sobre o abismo. Com uma voz também diferente, acrescentou:
— Mas não sei o que o senhor ganhará ao me ver. Faço mal a todos os que se aproximam de mim.

10

Ficamos de nos ver logo. Tive vergonha de dizer-lhe que desejava vê-la no dia seguinte ou que desejava continuar vendo-a ali mesmo e que ela não deveria nunca mais se afastar de mim. Embora minha memória seja espantosa, tenho, de repente, lapsos inexplicáveis. Não sei agora o que lhe disse naquele momento, mas lembro que ela respondeu que tinha de ir embora.

Na mesma noite telefonei para ela. Atendeu uma mulher; quando eu disse que queria falar com a senhorita María Iribarne ela pareceu hesitar um segundo, mas logo em seguida disse que ia ver se ela estava. Quase instantaneamente ouvi a voz de María, mas num tom quase burocrático, que me desconcertou.

— Preciso vê-la, María – disse-lhe. — Desde que nos separamos tenho pensado constantemente na senhora a cada segundo.

Calei-me tremendo. Ela não respondia.

— Por que não responde? – disse-lhe com crescente nervosismo.

— Espere um momento – disse ela.

Ouvi que deixava o fone. Instantes depois ouvi de novo sua voz, mas desta vez sua voz verdadeira; agora também ela parecia estar tremendo.

— Não podia falar – explicou.
— Por quê?
— Aqui entra e sai muita gente.
— E agora, como pode falar?
— Porque fechei a porta. Quando fecho a porta, sabem que não devem me incomodar.
— Preciso vê-la, María – repeti com violência. — Desde o meio-dia, não tenho feito mais que pensar na senhora.
Ela não respondeu.
— Por que não responde?
— Castel... – começou com indecisão.
— Não me chame de Castel! – gritei indignado.
— Juan Pablo... – disse então com timidez.
Senti que uma interminável felicidade começava com essas duas palavras.
Mas María calara-se novamente.
— O que houve? – perguntei. — Por que não fala?
— Eu também – murmurou.
— Eu também o quê? – perguntei com ansiedade.
— Eu também não tenho feito mais que pensar.
— Mas pensar em quê? – continuei perguntando, insaciável.
— Em tudo.
— Como, em tudo? Em quê?
— Em como tudo isso é estranho... a história de seu quadro... o encontro de ontem... o de hoje... não sei...
A imprecisão sempre me irritou.
— Bom, mas eu lhe disse que não deixei de pensar *na senhora* – respondi. — A senhora não disse ter pensado em mim.
Passou-se um instante. Depois respondeu:
— Já não lhe disse que tenho pensado em *tudo*?
— Mas não deu detalhes.

— É que tudo é tão estranho, foi tão estranho... estou tão confusa... Claro que pensei no senhor...

Meu coração disparou. Precisava de detalhes: emocionam-me os detalhes, não as generalidades.

— Mas como, como?... – perguntei com crescente ansiedade. — Eu tenho pensado em cada um de seus traços, em seu perfil quando fitava a árvore, em seu cabelo castanho, em seus olhos duros e em como de repente se abrandam, no seu jeito de andar...

— Preciso desligar – interrompeu-me de súbito. — Vem vindo gente.

— Vou ligar amanhã cedo – cheguei a dizer com desespero.

— Certo – respondeu rapidamente.

11

Passei uma noite agitada. Não conseguia desenhar nem pintar, apesar das muitas tentativas de começar alguma coisa. Saí para caminhar e de repente me encontrei na rua Corrientes. Uma coisa muito estranha estava acontecendo comigo: eu olhava todo mundo com simpatia. Creio já ter dito que me propus a fazer este relato de forma totalmente imparcial, e agora darei minha primeira prova disso confessando um de meus piores defeitos: sempre olhei as pessoas com antipatia e até com nojo, principalmente as pessoas amontoadas; nunca suportei as praias no verão. Alguns homens, algumas mulheres isoladamente me foram muito queridos, por outros senti admiração (não sou invejoso), por outros tive verdadeira simpatia; pelas crianças sempre tive ternura e compaixão (sobretudo quando, mediante um esforço mental, procurava esquecer que no fim seriam homens como os outros); mas, *em geral*, a humanidade sempre me pareceu detestável. Não vejo inconveniente em dizer que, algumas vezes, o fato de ter observado uma fisionomia me impedia de comer pelo resto do dia ou me impedia de pintar durante uma semana; é incrível até que ponto a cobiça, a inveja, a fatuidade, a grosseria, a avidez e, em geral, todo esse conjunto de atributos que formam a condição humana podem ser vistos num rosto, num modo de andar, num olhar. Parece-me natural que depois de um encontro assim não se tenha vontade de comer, de pintar, nem mesmo de viver. Quero registrar, porém, que não me orgulho dessa característica: sei que é uma demonstração de soberba e sei, também, que minha alma abrigou muitas vezes a cobiça, a fatuidade, a avidez e a grosseria. Mas já disse que me proponho a narrar esta história com total imparcialidade, e assim o farei.

Naquela noite, portanto, meu desprezo pela humanidade parecia abolido ou, pelo menos, transitoriamente ausente. Entrei no café Marzotto. Suponho que vocês saibam que as pessoas vão lá para escutar tango, mas escutar tango como um crente em Deus escuta *A paixão segundo São Mateus*.

12

Na manhã seguinte, por volta das dez, telefonei. Atendeu a mesma mulher do dia anterior. Quando perguntei pela senhorita María Iribarne, disse que naquela mesma manhã ela fora para o campo. Gelei.

— Para o campo? – perguntei.

— Sim, senhor. Quem fala, o senhor Castel?

— Sim, fala Castel.

— Ela deixou uma carta para o senhor, aqui. Pediu que a desculpasse, mas não tinha seu endereço.

Eu me apegara tanto à ideia de vê-la naquele mesmo dia e esperava coisas tão importantes daquele encontro, que a notícia me deixou arrasado. Ocorreu-me uma série de perguntas: por que ela resolvera ir para o campo? Evidentemente, a decisão fora tomada depois de nossa conversa telefônica, pois, do contrário, ela teria comentado alguma coisa a respeito da viagem e, sobretudo, não teria aceitado minha sugestão de ligar no dia seguinte. Pois bem, se sua decisão era posterior à conversa telefônica, seria também *consequência dessa conversa*? E, se fosse consequência, por quê? Queria fugir de mim outra vez? Temia o inevitável encontro do outro dia?

Essa inesperada viagem ao campo despertou a primeira dúvida. Como sempre, comecei a encontrar detalhes anteriores suspeitos a que não dera importância antes. Por que aquelas mudanças de voz ao telefone no dia anterior? Quem eram aquelas pessoas que "entravam e saíam" e que a impediam de falar com naturalidade? E mais, *isso provava que ela era capaz de fingir.* E por que aquela mulher hesitara quando perguntei pela senhorita Iribarne? Mas uma frase acima de tudo se gravara em mim como ácido: "Quando fecho a porta, sabem que não devem me incomodar". Pensei que em torno de María existiam muitas sombras.

Fiz essas reflexões enquanto corria para a casa dela. Era curioso que ela não tivesse procurado descobrir meu endereço; eu, ao contrário, já sabia seu endereço e seu telefone. Morava na rua Posadas, quase esquina com a Seaver.

Quando cheguei ao quinto andar e toquei a campainha, senti uma grande emoção.

Abriu a porta um empregado que devia ser polonês ou coisa que o valha e, quando dei meu nome, fez-me entrar em uma saleta cheia de livros: as paredes estavam cobertas de estantes até o teto, mas também havia montes de livros sobre duas mesinhas e até em duas poltronas. Chamou-me atenção o tamanho excessivo de muitos volumes.

Levantei-me para dar uma olhada na biblioteca. De repente tive a sensação de que alguém às minhas costas me observava em silêncio. Virei-me e vi um homem no extremo oposto da saleta: era alto, magro, com uma bela cabeça. Sorria olhando para onde eu estava, mas *em geral*, sem precisão. Embora ele estivesse de olhos abertos, percebi que era cego. Então encontrei a explicação para o tamanho anormal dos livros.

— O senhor é Castel, não? – disse com cordialidade, estendendo-me a mão.

— Sim, senhor Iribarne – respondi, entregando-lhe

a mão com perplexidade, enquanto pensava que espécie de vínculo familiar podia haver entre María e ele.

Ao mesmo tempo que acenava para que eu tomasse assento, sorriu com uma ligeira expressão de ironia e acrescentou:

— Não me chamo Iribarne, e não me chame de senhor. Sou Allende, marido de María.

Habituado a valorizar e talvez até a interpretar os silêncios, acrescentou imediatamente:

— María sempre usa o sobrenome de solteira.

Eu estava feito uma estátua.

— María me falou muito de sua pintura. Como fiquei cego há poucos anos, ainda consigo imaginar as coisas razoavelmente bem.

Parecia querer desculpar-se por sua cegueira. Eu não sabia o que dizer. Como ansiava estar só, na rua, para pensar em tudo!

Tirou uma carta do bolso e estendeu-a em minha direção.

— Aqui está a carta – disse simplesmente, como se não houvesse nada de extraordinário nisso.

Peguei a carta e ia guardá-la quando o cego acrescentou, como se tivesse visto meu gesto:

— Pode ler à vontade. Se bem que, vindo de María, não deve ser nada urgente.

Eu tremia. Abri o envelope enquanto ele acendia um cigarro, depois de oferecer-me um. Tirei a carta; dizia uma única frase:

Eu também penso no senhor.
MARÍA

Quando o cego ouviu dobrar o papel, perguntou:

— Nada urgente, suponho?

Fiz um grande esforço e respondi:

— Não, nada urgente.

Senti-me uma espécie de monstro, vendo o cego sorrir e fitar-me com os olhos abertos.

— María é assim – disse, como pensando para si. — Muitos confundem seus impulsos com urgências. De fato, María faz com rapidez coisas que não alteram a situação. Como posso explicar?

Fitou o chão abstraído, como se procurasse uma explicação mais clara. Passado um tempo, disse:

— Como alguém que estivesse imóvel em um deserto e de repente mudasse de lugar com grande rapidez. Entende? A velocidade não importa, sempre se está na mesma paisagem.

Fumou e pensou por mais um instante, como se eu não estivesse ali. Em seguida acrescentou:

— Mas não sei se é isso, exatamente. Não tenho muita habilidade para as metáforas.

Eu não via a hora de escapar daquela sala maldita. Mas o cego não parecia ter pressa. "Que abominável comédia é essa?", pensei.

— Agora, por exemplo – continuou Allende –, levantou cedo e disse que ia para a fazenda.

— Para a fazenda? – perguntei sem raciocinar.

— Sim, para nossa fazenda. Quer dizer, para a fazenda de meu avô. Mas agora está nas mãos de meu primo. Hunter. Imagino que o conhece.

A nova revelação encheu-me de aflição e ao mesmo tempo de despeito: o que María podia ver naquele imbecil mulherengo e cínico? Procurei me acalmar, pensando que ela não devia ter ido para a fazenda por causa de Hunter, mas simplesmente porque podia gostar da solidão do campo e porque a fazenda era da família. Mas fiquei muito triste.

— Já ouvi falar dele – eu disse com amargura.

Antes que o cego pudesse falar, acrescentei bruscamente:

— Preciso ir.

— Puxa, é uma grande pena – comentou Allende. — Espero que voltemos a nos ver.

— Claro, claro, naturalmente – eu disse.

Acompanhou-me até a porta. Apertei-lhe a mão e saí correndo. No elevador, enquanto descia, repetia com raiva para mim mesmo: "Que abominável comédia é essa?".

13

Precisava desanuviar e pensar com calma. Fui andando pela rua Posadas na direção da Recoleta.

Minha cabeça era um pandemônio: um amontoado de ideias, sentimentos de amor e de ódio, perguntas, ressentimentos e lembranças misturavam-se e apareciam sucessivamente.

Que ideia era aquela, por exemplo, de fazer-me ir até sua casa buscar uma carta e de fazer com que ela me fosse entregue pelo marido? E como não me avisara que era casada? E que diabos tinha a fazer na fazenda com aquele sem-vergonha do Hunter? E por que não tinha esperado meu telefonema? E esse cego, que espécie de bicho esquisito era? Eu já disse que faço uma ideia bastante desagradável da humanidade; devo agora confessar que dos cegos *não gosto nem um pouco* e que sinto perto deles uma impressão semelhante à que me causam certos animais frios, úmidos e silenciosos, como as cobras. Somando-se o fato de eu ter lido diante dele uma carta de sua mulher que dizia "Eu também penso no senhor", não será difícil calcular a sensação de nojo que tive naqueles momentos.

Tentei ordenar um pouco o caos das minhas ideias e sentimentos e proceder com método, como é de meu hábito. Tinha de começar pelo início, e o início (pelo menos o imediato) era, evidentemente, a conversa telefônica. Nessa conversa havia vários pontos obscuros.

Em primeiro lugar, se naquela casa era tão natural que ela tivesse relações com homens, como provava a história da carta entregue pelo marido, por que usar uma voz neutra e burocrática até a porta ser fechada? Segundo, o que significava aquele esclarecimento de que "quando fecho a porta, sabem que não devem me incomodar"? Pelo visto, era frequente ela trancar-se para falar ao telefone. Mas não era crível que se trancasse para ter conversas triviais com pessoas amigas da casa: devia-se supor que era para ter conversas semelhantes à nossa. Mas então havia em sua vida outras pessoas como eu. Quantas eram? E quem eram?

Primeiro pensei em Hunter, mas em seguida o excluí: para que falar com ele pelo telefone se podia vê-lo na fazenda quando quisesse? Quem eram os outros, então?

Pensei se com isso liquidava o assunto telefônico. Não, ele não estava encerrado: persistia o problema de sua resposta a minha pergunta precisa. Observei com amargura que quando lhe perguntei se havia pensado em mim, depois de tantas imprecisões, ela respondeu apenas: "Já não lhe disse que tenho pensado *em tudo*?". Isso de responder com uma pergunta não é muito comprometedor. Enfim, a prova de que sua resposta não havia sido clara foi que ela mesma, no dia seguinte (ou na mesma noite), julgou necessário responder de forma bem precisa com uma carta.

"Passemos à carta", disse para mim mesmo. Tirei a carta do bolso e tornei a lê-la:

Eu também penso no senhor.
MARÍA

A letra era nervosa, ou pelo menos era a letra de uma pessoa nervosa. Não é a mesma coisa, pois, se a primeira hipótese fosse verdadeira, manifestava uma emoção atual e, portanto, um indício favorável a meu problema. Seja como for, emocionou-me muitíssimo a assinatura: *María*. Simplesmente *María*. Essa simplicidade me dava uma vaga ideia de que eu a possuía, uma vaga ideia de que a moça já estava em minha vida e que, de certo modo, me pertencia.

Ai! Meus sentimentos de felicidade são tão pouco duradouros... Aquela impressão, por exemplo, não resistia à menor análise: por acaso o marido também não a chamava María? E decerto Hunter também a chamava assim, de que outro modo poderia chamá-la? E as outras pessoas com quem falava a portas fechadas? Imagino que ninguém fale a portas fechadas com alguém a quem respeitosamente chame "senhorita Iribarne".

"Senhorita Iribarne!" Agora é que eu entendia a hesitação da empregada em meu primeiro telefonema. Que grotesco! Pensando bem, era mais uma prova de que aquele tipo de ligação não era completa novidade: evidentemente, na primeira vez que alguém perguntou pela "senhorita Iribarne" a empregada, estranhando, forçosamente deve ter corrigido, frisando o *senhora*. Mas, naturalmente, à força de repetições, a empregada por fim dera de ombros e pensara que era preferível não se meter em retificações. Hesitou, era natural; mas não me corrigiu.

Voltando à carta, refleti que havia motivo para uma série de deduções. Comecei pelo fato mais extraordinário: a forma de fazer a carta chegar a minhas mãos. Relembrei o argumento que a empregada me transmitira: "Pediu que a desculpasse, mas não tinha seu endereço". Era verdade: nem ela me pedira o endereço nem eu o dera a ela; mas a primeira coisa que eu teria feito em seu lugar seria procurá-lo na lista telefônica. Não sendo possível atribuir sua atitude a uma inconcebível preguiça, a conclusão inevitável era: *María desejava que eu fosse à casa dela e encontrasse seu marido.* Mas por quê? Nesse ponto chegava-se a uma situação extremamente complicada: podia ser que ela sentisse prazer em usar o marido como intermediário; podia ser que fosse o marido quem sentia prazer; podiam ser os dois. Excluindo essas possibilidades patológicas, restava uma: María queria que eu soubesse que ela era casada para que eu visse a inconveniência de seguir adiante.

Tenho certeza de que muitos dos que agora estão lendo estas páginas haverão de pronunciar-se pela última hipótese e julgarão que só um homem como eu pode escolher alguma das outras. No tempo em que eu tinha amigos, muitas vezes riram de minha mania de escolher sempre os caminhos mais tortuosos: Pergunto-me *por que a realidade há de ser simples.* A experiência me ensinou que, ao contrário, ela quase nunca é simples, e que quando algo parece extraordinariamente claro, uma ação que aparentemente obedece a uma causa simples, quase sempre há por baixo motivos mais complexos. Um exemplo corriqueiro: as pessoas que dão esmolas. Em geral, considera-se que são mais generosas e melhores do que as pessoas que não dão. Permito-me tratar com o maior desdém essa teoria simplista. Todo mundo sabe que não se resolve o problema de um mendigo (de um mendigo autêntico) com 1 peso ou um pedaço de pão: resolve-se apenas o problema psicológico do sujeito que compra assim, por quase nada, sua tranquilidade espiritual e seu título de generoso. Veja-se o quanto tais pessoas são mesquinhas, uma vez que não se decidem a gastar mais do que 1 peso por dia para garantir sua tranquilidade espiritual e a ideia reconfortante e vaidosa de sua bondade. Muito mais pureza de espírito e muito mais valor se requer para suportar a existência da miséria humana sem essa hipócrita (e usuária) operação!

Mas voltemos à carta.

Somente um espírito superficial poderia optar pela última hipótese, pois ela rui à menor análise. "María queria que eu soubesse que ela era casada para que eu visse a inconveniência de seguir adiante." Muito bonito. Mas por que, nesse caso, recorrer a um procedimento tão trabalhoso e cruel? Não poderia dizê-lo pessoalmente e até por telefone? Não poderia escrever-me, caso não tivesse coragem de falar? Restava ainda um argumento fortíssimo: por que, sendo assim, a carta não dizia que ela era casada, como eu bem podia ver, nem pedia que eu encarasse nossas relações de um jeito mais tranquilo? Não, senhores. Pelo contrário, a carta era uma carta destinada a consolidar nossas relações, a estimulá-las e conduzi-las pelo caminho mais perigoso.

Restavam, ao que parece, as hipóteses patológicas. Era possível que María sentisse prazer em usar Allende como intermediário? Ou era ele quem procurava essas oportunidades? Ou o destino se divertira juntando dois seres semelhantes?

De repente me arrependi de ter chegado a tais extremos, com meu costume de analisar indefinidamente fatos e palavras. Recordei o olhar de María fixo na árvore da praça, enquanto escutava meus sentimentos: recordei sua timidez, sua primeira fuga. E uma transbordante ternura por ela começou a invadir-me. Achei que era uma frágil criança em meio a um mundo cruel, cheio de fealdade e miséria. Senti o que muitas vezes sentira desde aquele momento no salão: que era um ser semelhante a mim.

Esqueci meus áridos raciocínios, minhas deduções ferozes. Dediquei-me a imaginar seu rosto, seu olhar – aquele olhar que me lembrava algo que eu não conseguia precisar –, sua forma profunda e silenciosa de raciocinar. Senti que o amor anônimo que eu alimentara durante anos de solidão se concentrara em María. Como podia pensar coisas tão absurdas?

Tentei esquecer, portanto, todas as minhas estúpidas deduções sobre o telefonema, a carta, a fazenda, Hunter.

Mas não pude.

14

Os dias seguintes foram agitados. Em minha precipitação, não perguntara quando María estaria de volta da fazenda; no mesmo dia de minha visita voltei a telefonar para tentar descobrir isso; a empregada disse que não sabia de nada; então pedi a ela o endereço da fazenda.

Nessa mesma noite escrevi uma carta desesperada, perguntando-lhe a data de seu regresso e pedindo que me telefonasse ou me escrevesse. Fui até o Correio Central e postei-a registrada, para reduzir os riscos ao mínimo.

Como já disse, passei uns dias muito agitados e mil vezes voltaram à minha mente as ideias obscuras que me atormentaram depois da visita à rua Posadas. Tive o seguinte sonho: visitava de noite uma velha casa solitária. Era uma casa de certo modo conhecida e infinitamente desejada por mim desde a infância, de modo que ao entrar nela guiavam-me algumas recordações. Mas às vezes me encontrava perdido na escuridão ou tinha a impressão de haver inimigos escondidos que podiam assaltar-me por trás ou de pessoas que cochichavam e zombavam de mim, de minha ingenuidade. Quem eram essas pessoas e o que queriam? No entanto, e apesar de tudo, sentia que nessa casa renasciam em mim os antigos amores da adolescência, com os mesmos tremores e essa sensação de suave loucura, de temor e de alegria. Quando acordei, compreendi que a casa do sonho era María.

15

Nos dias que precederam a chegada de sua carta, meu pensamento parecia um explorador perdido em uma paisagem brumosa: aqui e ali, com grande esforço, eu conseguia vislumbrar vagas silhuetas de homens e coisas, indecisos perfis de perigos e abismos. A chegada da carta foi como o aparecimento do sol.

Mas aquele sol era um sol negro, um sol noturno. Não sei se é possível dizer isso, mas, embora eu não seja escritor e não esteja certo de minha precisão, não retiraria a palavra noturno; essa palavra era, talvez, a mais apropriada para María, dentre todas as que formam nossa imperfeita linguagem.

Eis a carta que ela me enviou:

> Passei três dias estranhos: o mar, a praia, os caminhos foram me trazendo recordações de outros tempos. Não apenas imagens: também vozes, gritos e longos silêncios de outros dias. É curioso, mas viver consiste em construir futuras lembranças; agora mesmo, em frente ao mar, sei que estou preparando lembranças minuciosas que algum dia haverão de me trazer melancolia e desesperança.
>
> O mar está ali, permanente e furioso. Meu pranto de então, inútil; também inúteis minhas esperas na praia solitária, fitando tenazmente o mar. Você adivinhou e

pintou essa minha lembrança, ou pintou a lembrança de muitos seres como você e eu?

Mas agora sua figura se interpõe: você está entre o mar e mim. Meus olhos encontram seus olhos. Você está quieto e um pouco desconsolado, olha para mim como que pedindo ajuda.

MARÍA

Como a compreendia, e que maravilhosos sentimentos cresceram em mim com aquela carta! Até o fato de tratar-me por você de repente me deu a certeza de que María era minha. E somente minha: "você está entre o mar e mim"; ali não existia outro, estávamos só nós dois, como intuí desde o momento em que ela fitou a cena da janela. A bem da verdade, como poderia ela não me tratar por você se nos conhecíamos desde sempre, desde mil anos atrás? Pois se quando ela se deteve diante de meu quadro e fitou aquela pequena cena sem ouvir nem ver a multidão que nos rodeava já era como se nos tivéssemos tratado por você, e eu logo soube como e quem ela era, o quanto necessitava dela e o quanto, também, eu lhe era necessário. Ah, e, no entanto, matei você! E quem a matou fui eu, eu, que via como se fosse através de um muro de vidro, sem poder tocá-lo, seu rosto mudo e ansioso! Eu, tão burro, tão cego, tão egoísta, tão cruel!

Basta de efusões. Eu disse que relataria esta história de forma enxuta e assim o farei.

16

Eu amava María desesperadamente e no entanto a palavra *amor* não fora pronunciada entre nós. Esperei com ansiedade seu retorno da fazenda para dizê-la.

Mas ela não voltava. Com o passar dos dias, foi crescendo em mim uma espécie de loucura. Escrevi-lhe uma segunda carta que dizia simplesmente: "Adoro você, María, adoro, adoro!".

Dois dias depois recebi, afinal, uma resposta que dizia estas únicas palavras: "Tenho medo de lhe fazer muito mal". Respondi no mesmo instante: "Não importa o que você possa me fazer. Se eu não pudesse amá-la, morreria. Cada segundo que passo sem vê-la é uma interminável tortura".

Passaram-se dias atrozes, mas a resposta de María não chegava. Desesperado, escrevi: "Você está pisoteando este amor".

No dia seguinte, pelo telefone, ouvi sua voz, distante e trêmula. Exceto a palavra *María*, pronunciada repetidas vezes, não atinei a dizer nada, tampouco teria podido: minha garganta estava de tal modo contraída que eu não podia falar distintamente. Ela me disse:

— Volto amanhã para Buenos Aires. Ligo para você assim que chegar.

No dia seguinte, à tarde, ela me telefonou de sua casa.

— Quero ver você imediatamente – eu disse a ela.

— Sim, vamos nos ver hoje mesmo – respondeu.

— Espero você na praça San Martín – falei.

María pareceu hesitar. Em seguida respondeu:

— Prefiro que seja na Recoleta. Estarei lá às oito.

Como esperei aquele momento, como caminhei sem rumo pelas ruas para que o tempo passasse mais rápido! Quanta ternura sentia em minha alma, quão belos me pareciam o mundo, a tarde de verão, as crianças brincando na calçada! Agora penso em quanto o amor cega, no mágico poder de transformação que ele tem. A beleza do mundo! É para morrer de rir!

Passavam poucos minutos das oito quando vi María aproximar-se, procurando por mim na escuridão. Já era muito tarde para ver seu rosto, mas reconheci sua maneira de andar.

Sentamos. Apertei-lhe um braço e repeti seu nome insensatamente, muitas vezes; não conseguia dizer outra coisa, enquanto ela permanecia em silêncio.

— Por que você foi para a fazenda? – perguntei por fim, com violência. — Por que me deixou sozinho? Por que me deixou aquela carta em sua casa? Por que não me contou que era casada?

Ela não respondia. Espremi seu braço. Gemeu.

— Você está me machucando, Juan Pablo – disse suavemente.

— Por que você não diz nada? Por que não responde?

Não dizia nada.

— Por quê? Por quê?

Por fim respondeu:

— Por que tudo tem de ter resposta? Não falemos de mim: falemos de você, de seus trabalhos, de suas preocupações. Tenho pensado constantemente em sua pintura, no que você me disse na praça San Martín. Quero saber o que você está fazendo agora, no que anda pensando, se tem pintado ou não.

Voltei a espremer seu braço com raiva.

— Não – respondi. — Não é de mim que quero falar: quero falar de nós dois, preciso saber se você gosta de mim. Só isso: saber se você gosta de mim.

Não respondeu. Desesperado com o silêncio e com a escuridão que não me permitia adivinhar seus pensamentos em seus olhos, acendi um fósforo. Ela virou rapidamente o rosto, escondendo-o. Tomei seu rosto com a outra mão e obriguei-a a olhar para mim: estava chorando silenciosamente.

— Ah... então você não gosta de mim – eu disse com amargura.

Mas, enquanto o fósforo se apagava, vi como me olhava com ternura. Depois, já na completa escuridão, senti que sua mão acariciava minha cabeça. Disse-me suavemente:

— Claro que gosto de você... por que dizer certas coisas?

— Certo – respondi –, mas como você gosta de mim? Existem muitas maneiras de gostar. Pode-se gostar de um cachorro, de uma criança. Eu quero dizer *amor, verdadeiro amor*, entende?

Tive uma estranha intuição: acendi rapidamente outro fósforo. Tal como intuíra, o rosto de María sorria. Isto é, já não sorria, mas tinha estado sorrindo um décimo de segundo antes. Aconteceu-me algumas vezes de eu de repente voltar-me com a sensação de ser espiado, não encontrar ninguém e, no entanto, sentir que a solidão que me rodeava era recente e que algo fugaz acabara de desaparecer, como se um leve tremor vibrasse no ambiente. Era algo assim.

— Você estava sorrindo – disse-lhe com raiva.

— Sorrindo? – perguntou espantada.

— É, sorrindo: ninguém me engana tão facilmente. Reparo muito nos detalhes.

— Em que detalhes você reparou? – perguntou.

— Restava alguma coisa em seu rosto. O rastro de um sorriso.

— E do que eu poderia estar sorrindo? – tornou a dizer com dureza.

— De minha ingenuidade, de minha pergunta sobre se você gostava de mim de verdade ou como de uma criança, sei lá… Mas você sorriu. Disso não tenho a menor dúvida.

María se levantou de repente.

— Que foi? – perguntei espantado.

— Vou embora – devolveu secamente.

Levantei-me como uma mola.

— Como assim, vai embora?

— É, vou embora.

— Como assim, vai embora? Por quê?

Não respondeu. Quase a sacudi com os dois braços.

— Por que você vai embora?

— Temo que você também não me entenda.

Fiquei com raiva.

— Como é? Eu lhe faço uma pergunta que para mim é questão de vida ou morte e em vez de responder você sorri e ainda por cima se zanga! Claro que não dá para entender.

— Você está imaginando que sorri – comentou secamente.

— Tenho certeza.

— Pois está enganado. E me dói infinitamente que você tenha pensado que fiz isso.

Eu não sabia o que pensar. A rigor, não tinha visto o sorriso, só uma espécie de rastro num rosto já sério.

— Não sei, María, me desculpe – disse abatido. — Mas eu estava certo de que você tinha sorrido.

Fiquei em silêncio; estava muito abatido. Pouco depois senti a mão dela tomar meu braço com ternura. Ouvi em seguida sua voz, agora fraca e doída:

— Mas como você pôde pensar uma coisa dessas?

— Não sei, não sei – respondi, quase chorando.

Ela me fez sentar novamente e acariciou minha cabeça como fizera de início.

— Eu avisei que lhe faria muito mal – disse, depois de alguns instantes de silêncio. — Veja como eu tinha razão.

— A culpa foi minha – respondi.

— Não, talvez a culpa tenha sido minha – comentou pensativa, como se falasse consigo mesma.

"Que estranho", pensei.

— O que é estranho? – perguntou María.

Espantei-me e até pensei (muitos dias depois) que ela era capaz de ler os pensamentos. Ainda hoje não sei ao certo se falei aquelas palavras em voz alta, sem perceber.

— O que é estranho? – tornou a perguntar, porque eu, em meu espanto, não respondera.

— Que estranho sua idade.

— Minha idade?

— É, sua idade. Quantos anos você tem?

Riu.

— Quantos anos você acha que eu tenho?

— É justamente isso que é estranho – respondi. — Na primeira vez que a vi, achei que você tinha uns 26 anos.

— E agora?

— Não, não. Já de início eu estava perplexo, porque alguma coisa não física me levava a pensar...

— Levava a pensar o quê?

— Me levava a pensar em muita idade. Às vezes me sinto uma criança a seu lado.

— Quantos anos você tem?
— Trinta e oito.
— É muito jovem, realmente.
Fiquei perplexo. Não porque eu achasse que minha idade fosse excessiva, mas porque, apesar de tudo, eu devia ser bem mais velho do que ela; pois, de todo modo, não era possível que ela tivesse mais que 26 anos.
— Muito jovem – repetiu, talvez adivinhando meu espanto.
— E você, quantos anos tem?
— Que importância tem isso? – respondeu séria.
— E por que você perguntou minha idade? – falei quase irritado.
— Essa conversa é absurda – replicou. — Tudo isso é uma bobagem. Muito me espanta você se preocupar com coisas assim.
Eu, preocupando-me com coisas assim? Nós dois mantendo semelhante conversa? A bem da verdade, como tudo aquilo podia estar acontecendo? Eu estava tão perplexo que esquecera a causa da pergunta inicial. Só em minha casa, horas mais tarde, consegui apreender o significado profundo daquela conversa aparentemente tão trivial.

17

Durante mais de um mês nos vimos quase todos os dias. Não quero rememorar em detalhe tudo o que ocorreu nesse período a um só tempo maravilhoso e horrível. Foram demasiadas coisas tristes para que eu deseje refazê-las na memória.

María começou a ir ao ateliê. A cena dos fósforos, com pequenas variações, se reproduzira duas ou três vezes, e eu vivia obcecado com a ideia de que seu amor era, na melhor das hipóteses, um amor de mãe ou de irmã. De modo que a união física era para mim como uma garantia de verdadeiro amor.

Direi desde já que essa ideia foi uma das tantas ingenuidades minhas, uma dessas ingenuidades que certamente fariam María sorrir às minhas costas. Longe de tranquilizar-me, o amor físico perturbou-me mais, trouxe novas e torturantes dúvidas, dolorosas cenas de incompreensão, cruéis experiências com María. As horas que passamos no ateliê foram horas que nunca esquecerei. Meus sentimentos, durante todo aquele período, oscilaram entre o amor mais puro e o ódio mais desenfreado, ante as contradições e as inexplicáveis atitudes de María; de repente me acometia a suspeita de que fosse tudo fingimento. Em determinados momentos ela parecia uma adolescente pudica e de repente me ocorria a suspeita de que era uma mulher qualquer, e então um longo cortejo de dúvidas desfilava em minha mente: onde? como? quem? quando?

Em tais ocasiões, não podia evitar a ideia de que María representava a mais sutil e atroz das farsas e de que eu era, em suas mãos, como um menino ingênuo a quem se engana com histórias fáceis para que coma ou durma. Às vezes me acometia um pudor frenético, ia correndo me vestir e depois me precipitava para a rua, para tomar ar e para ruminar minhas dúvidas e apreensões. Em outros dias, ao contrário, minha reação era positiva e brutal: eu me atirava sobre ela, agarrava seus braços como com tenazes, retorcia-os e cravava meus olhos nos dela, forçando-a a me dar garantias de amor, de *verdadeiro* amor.

Mas nada disso tudo é exatamente o que quero dizer. Devo confessar que eu mesmo não sei o que quero dizer com isso de "amor verdadeiro", e o curioso é que, embora empregue muitas vezes essa expressão nos interrogatórios, até hoje nunca parei para analisar seu sentido a fundo. O que eu queria dizer? Um amor que incluísse a paixão física? Talvez eu a buscasse em meu desejo desesperado de comunicar-me mais firmemente com María. Tinha certeza de que, em certas ocasiões, conseguíamos comunicar-nos, mas de forma tão sutil, tão passageira, tão tênue, que depois eu ficava mais desesperadamente só do que antes, com essa imprecisa insatisfação que experimentamos ao tentar reconstruir certos amores de sonho. Sei que de repente conseguíamos alguns momentos de comunhão. E o fato de estarmos juntos atenuava a melancolia que sempre acompanha essas sensações, decerto causada pela essencial incomunicabilidade dessas fugazes belezas. Bastava que nos olhássemos para saber que estávamos pensando, ou melhor, sentindo o mesmo.

Claro que pagávamos cruelmente por aqueles instantes, porque tudo o que acontecia depois parecia grotesco ou torpe. Qualquer coisa que fizéssemos (falar, tomar café) era doloroso, pois mostrava o quanto eram fugazes aqueles instantes de identificação. E, o que era muito pior, causava novos distanciamentos, porque eu a forçava, no desespero de consolidar de algum modo essa fusão, a nos unirmos corporalmente; só conseguíamos confirmar a impossibilidade de prolongá-la ou consolidá-la mediante um ato material. Mas ela piorava as coisas porque, talvez em seu desejo de tirar-me aquela ideia fixa, aparentava sentir um verdadeiro e quase inacreditável prazer; e então vinham as cenas de eu me vestir rapidamente e fugir para a rua, ou de apertar brutalmente seus braços e querer arrancar-lhe confissões sobre a veracidade de seus sentimentos e sensações. E tudo era tão atroz que, quando ela intuía que nos aproximávamos do amor físico, tentava evitá-lo. No final havia chegado a um completo ceticismo e tentava fazer-me entender que não era apenas inútil para o nosso amor, mas até pernicioso.

Com essa atitude só conseguia aumentar minhas dúvidas acerca da natureza de seu amor, uma vez que eu me perguntava se ela não teria representado a farsa e não poderia arguir que o vínculo físico era pernicioso para assim evitá-lo no futuro; quando na verdade o detestava desde o início e, portanto, era fingido seu prazer. Naturalmente, seguiam-se outras brigas, e era inútil que ela tentasse me convencer: só conseguia enlouquecer-me com novas e mais sutis dúvidas, e assim recomeçavam novos e mais complicados interrogatórios.

O que mais me indignava, em face do hipotético engano, era o fato de ter me entregado a ela totalmente indefeso, como uma criança.

— Se algum dia eu desconfiar que você me enganou – dizia-lhe com raiva –, mato você como a um cachorro.

Retorcia seus braços e olhava fixamente seus olhos, tentando descobrir algum indício, algum brilho suspeito, algum fugaz reflexo de ironia. Mas nessas ocasiões ela me olhava assustada feito uma menina, ou tristemente, com resignação, enquanto começava a se vestir em silêncio.

Um dia a discussão foi mais violenta que de costume e cheguei a chamá-la de puta, aos gritos. María ficou muda e paralisada. Em seguida, lentamente, em silêncio, foi se vestir atrás do biombo das modelos; e quando eu, depois de me bater entre meu ódio e meu arrependimento, corri a lhe pedir perdão, vi que seu rosto estava banhado em lágrimas. Não soube o que fazer: beijei-a ternamente nos olhos, pedi-lhe perdão com humildade, chorei diante dela, acusei-me de ser um monstro cruel, injusto e vingativo. E isso durou enquanto ela mostrou algum sinal de desconsolo, mas, nem bem se acalmou e pôs-se a sorrir com felicidade, comecei a achar pouco natural que ela não continuasse triste: podia acalmar-se, mas era muito suspeito que se entregasse à alegria depois de eu ter gritado a ela semelhante palavra, e comecei a achar que qualquer mulher deve sentir-se humilhada ao ser qualificada assim, até as próprias prostitutas, mas nenhuma mulher poderia voltar tão rápido à alegria, *a menos que houvesse certa verdade naquela qualificação.*

Cenas semelhantes repetiam-se quase todos os dias. Às vezes terminavam numa relativa calma, e saíamos a caminhar pela praça Francia como dois adolescentes apaixonados. Mas esses momentos de ternura foram tornando-se mais raros e curtos, como instáveis momentos de sol em um céu cada vez mais tempestuoso e sombrio. Minhas dúvidas e meus interrogatórios foram envolvendo tudo, como um cipó que fosse enredando e sufocando as árvores de um parque em uma monstruosa trama.

18

Meus interrogatórios, cada dia mais frequentes e tortuosos, eram a propósito de seus silêncios, seus olhares, suas palavras perdidas, alguma viagem à fazenda, seus amores. Certa vez lhe perguntei por que se apresentava como "senhorita Iribarne", e não como "senhora Allende". Sorriu e disse:

— Como você é criança! Que importância pode ter isso?

— Para mim tem muita importância – respondi, examinando seus olhos.

— É um hábito de família – respondeu, desfazendo o sorriso.

— No entanto – insisti –, na primeira vez que telefonei para sua casa e perguntei pela "senhorita Iribarne" a empregada hesitou um instante antes de responder.

— Deve ter sido impressão sua.

— Pode ser. Mas por que ela não me corrigiu?

María voltou a sorrir, dessa vez com mais intensidade.

— Acabei de explicar – disse – que é um hábito nosso, portanto a empregada também sabe disso. Todos me chamam María Iribarne.

— María Iribarne me parece natural, o que me parece menos natural é a empregada estranhar tão pouco alguém chamar você de "senhorita".

— Ah... não me dei conta de que era isso o que surpreendia você. Bom, não é o normal, e talvez isso explique a hesitação da empregada.

Ficou pensativa, como se pela primeira vez estivesse percebendo o problema.

— E, no entanto, ela não me corrigiu – insisti.

— Quem? – perguntou, como se recuperasse a consciência.

— A empregada. Não me corrigiu aquele "senhorita".

— Mas, Juan Pablo, tudo isso não tem absolutamente nenhuma importância, e não sei o que você está querendo demonstrar.

— Quero demonstrar que possivelmente aquela não era a primeira vez que alguém chamava você de senhorita. Se fosse a primeira vez, a empregada teria me corrigido.

María desatou a rir.

— Você é absolutamente fantástico – disse, quase com alegria, acariciando-me com ternura.

Permaneci sério.

— Além disso – continuei –, na primeira vez que você me atendeu sua voz era neutra, quase burocrática, até o momento em que você fechou a porta. A partir daí você começou a falar com voz terna. Por que a mudança?

— Mas, Juan Pablo – respondeu séria –, como é que eu ia falar assim na frente da empregada?

— Certo, isso é razoável. Mas você disse: "Quando fecho a porta, sabem que não devem me incomodar". Essa frase não podia se referir a mim, já que era a primeira vez que eu telefonava. Também não podia se referir a Hunter, já que você pode vê-lo na fazenda quantas vezes quiser. Para mim é evidente que deve haver outras pessoas que telefonam ou telefonavam para você. Não é assim?

María olhou-me com tristeza.

— Em vez de me olhar com tristeza você podia responder – comentei irritado.

— Mas, Juan Pablo, tudo o que você está dizendo é uma infantilidade. Claro que outras pessoas me telefonam: primos, amigos da família, minha mãe, sei lá...

— Mas tenho a impressão de que para conversas desse tipo não há necessidade de se esconder.

— E quem o autoriza a dizer que me escondo?! – respondeu com violência.

— Não se exalte. Você mesma me falou certa vez de um tal de Richard, que não era primo, nem amigo da família, nem sua mãe.

María ficou muito abatida.

— Coitado do Richard – comentou docemente.

— Por que coitado?

— Você sabe muito bem que ele se suicidou e que, de certo modo, tenho parte da culpa. Ele me escrevia cartas terríveis, mas nunca pude fazer nada por ele. Coitado, coitado do Richard.

— Eu gostaria que você me mostrasse alguma dessas cartas.

— Para quê, se ele já morreu?

— Não faz mal, mesmo assim eu gostaria.

— Queimei todas.

— Você podia ter dito logo de saída que tinha queimado as cartas. Mas não, você disse "para quê, se ele já morreu?". É sempre assim. Além do mais, por que você as queimou? Se é que as queimou mesmo. Outro dia você me confessou que guarda todas as suas cartas de amor. As cartas desse Richard deviam ser muito comprometedoras para você fazer isso. Ou não?

— Não as queimei por serem comprometedoras, mas por serem tristes. Elas me deprimiam.

— Deprimiam por quê?

— Não sei... Richard era um homem depressivo. Muito parecido com você.

— Você foi apaixonada por ele?

— Por favor...

— Por favor o quê?

— Não, Juan Pablo. Você tem cada ideia...

— Não vejo nada de absurdo. Ele se apaixona, escreve cartas tão terríveis que você acha melhor queimá-las, se suicida, e você acha minha ideia absurda. Por quê?

— Porque apesar de tudo nunca fui apaixonada por ele.

— Por que não?

— Não sei, realmente. Talvez porque não fizesse meu tipo.

— Você disse que ele era parecido comigo.

— Por Deus, eu quis dizer que ele era parecido com você em certo sentido, mas não que fosse *idêntico*. Era um homem incapaz de criar o que quer que fosse, era destrutivo, tinha uma inteligência mortal, era um niilista. Algo assim como sua parte negativa.

— Tudo bem. Mas continuo sem entender a necessidade de queimar as cartas.

— Volto a dizer que as queimei porque me deprimiam.

— Mas você podia ter guardado as cartas sem ler. Isso só prova que você as releu até queimá-las. E se as relia alguma razão devia haver, alguma coisa nele atraía você.

— Eu não disse que ele não me atraía.

— Disse que ele não fazia seu tipo.

— Meu Deus, meu Deus. A morte também não faz meu tipo e não obstante muitas vezes me atrai. Richard me atraía como me atrai a morte ou o nada. Mas acho que não devemos nos entregar passivamente a esses sentimentos. Talvez seja por isso que não o amei. Por isso queimei suas cartas. Quando ele morreu, resolvi destruir tudo o que prolongasse sua existência.

Ficou deprimida e não consegui extrair dela mais uma única palavra acerca de Richard. Mas devo acrescentar que não era aquele homem o que mais me torturou, pois, afinal de contas, dele cheguei a saber o bastante. Eram as pessoas desconhecidas, as sombras que ela nunca mencionou e que, no entanto, eu sentia moverem-se silenciosa e obscuramente em sua vida. As piores coisas de María, eu as imaginava exatamente com aquelas sombras anônimas. Torturava-me e ainda hoje me tortura uma palavra que escapou de seus lábios num momento de prazer físico.

Mas, dentre todos aqueles complexos interrogatórios, houve um que lançou tremenda luz sobre María e seu amor.

19

Naturalmente, uma vez que ela se casara com Allende, era lógico que algum dia tivesse sentido alguma coisa por aquele homem. Devo dizer que esse problema, que poderíamos chamar de "o problema Allende", foi um dos que mais me obcecaram. Eram vários os enigmas que eu queria elucidar, mas sobretudo estes dois: ela o amara em alguma ocasião? Ainda o amava? Essas duas perguntas não podiam ser vistas isoladamente: estavam vinculadas a outras: se ela não amava Allende, a quem amava? A mim? A Hunter? A algum daqueles misteriosos personagens do telefone? Ou amaria a vários seres de modo diferente, como ocorre com certos homens? Mas também *era possível que não amasse a ninguém* e que dissesse sucessivamente a cada um de nós, pobres-diabos, fedelhos, que éramos *o único*, e que os demais eram meras sombras, seres com os quais mantinha uma relação superficial ou aparente.

Um dia resolvi esclarecer o problema Allende. Comecei por perguntar-lhe por que se casara com aquele homem.

— Eu gostava dele – respondeu.

— Então agora não gosta.

— Eu não disse que deixei de gostar – respondeu.

— Você disse "eu gostava dele". Não "eu gosto dele".

— Você sempre se pega com as palavras e as distorce até o impossível – protestou María. — Quando eu disse que me casei com Allende porque gostava dele não quis dizer que agora não gosto.

— Ah, então você gosta dele – eu disse depressa, como se quisesse flagrá-la em contradição com declarações feitas em interrogatórios anteriores.

Calou-se. Parecia abatida.

— Por que não responde? – perguntei.

— Porque acho inútil. Já tivemos este diálogo muitas vezes, de forma quase idêntica.

— Não, não é igual a outras vezes. Acabei de perguntar se agora você gosta do Allende, e você me disse que sim. Tenho a impressão de recordar que, em outra ocasião, no porto, você me disse que eu era a primeira pessoa de quem você gostava.

María se calou novamente. Irritava-me nela não apenas que fosse contraditória, mas que fosse tão trabalhoso arrancar-lhe uma declaração qualquer.

— O que você me diz disso? – tornei a perguntar.

— Existem muitas maneiras de amar e de gostar – respondeu cansada. — Você pode imaginar que agora não posso continuar gostando do Allende como anos atrás, quando nos casamos, da mesma maneira.

— De que maneira?

— Como de que maneira? Você sabe o que estou querendo dizer.

— Não sei de nada.

— Eu já lhe disse muitas vezes.

— Pode ter dito, mas nunca explicou.

— Explicar! – exclamou com amargura. — Você mesmo disse mil vezes que muitas coisas não admitem explicação e agora me pede que explique isso, que é tão complexo. Eu já disse mil vezes que Allende é um grande companheiro meu, que gosto dele como de um irmão, que cuido dele, que sinto grande ternura por ele, uma grande admiração pela serenidade de seu espírito, que me parece muito superior ao meu em todos os sentidos, tanto que a seu lado me sinto um ser mesquinho e culpado. Como você pode imaginar, então, que eu não goste dele?

— Não fui eu quem disse que você não gosta. Você mesma acabou de dizer que agora não é como quando se casou. Talvez eu deva concluir que quando você se casou gostava dele como agora diz que gosta de mim. Por outro lado, há alguns dias, no porto, você me disse que eu era a primeira pessoa de quem gostava de verdade.

María me olhou tristemente.

— Bom, deixemos de lado essa contradição – prossegui. — Voltemos a Allende. Você diz que gosta dele como de um irmão. Agora preciso que você me responda uma única pergunta: você vai para a cama com ele?

María olhou-me com mais tristeza. Permaneceu algum tempo calada e depois me perguntou com voz muito doída:

— É necessário que eu responda também a isso?

— É, sim, absolutamente necessário – respondi com dureza.

— Acho horrível você me interrogar desse jeito.

— É muito simples: basta você dizer *sim* ou *não*.

— A resposta não é tão simples: pode-se fazer e não fazer.

— Muito bem – concluí friamente. — Isso significa sim.

— Está bem: sim.

— Então você o deseja.

Fiz essa afirmação fitando cuidadosamente seus olhos: e a fiz com má intenção; era perfeita para chegar a uma série de conclusões. Não que eu acreditasse que ela o desejasse de verdade (se bem que até isso era possível, dado o temperamento de María), mas queria forçá-la a esclarecer aquilo de "carinho de irmão". María, como eu esperava, demorou para responder. Certamente, escolhendo as palavras. Por fim disse:

— Eu disse que vou para a cama com ele, não que o desejo.

— Ah! – exclamei triunfalmente. — Isso significa que você faz isso sem desejá-lo, mas *fazendo com que ele acredite que o deseja*!

María ficou transtornada. Por seu rosto começaram a cair lágrimas silenciosas. Seu olhar parecia feito de vidro triturado.

— Eu não disse isso – murmurou lentamente.

— Porque é evidente – continuei implacável – que se você demonstrasse não sentir nada, não desejá-lo, se demonstrasse que a união física é um sacrifício feito em honra de seu carinho, da admiração que tem por seu espírito superior etc., Allende jamais voltaria a ir para a cama com você. Em outras palavras: o fato de que continue a fazê-lo prova que você é capaz de enganá-lo não apenas quanto a seus sentimentos, mas também quanto a suas sensações. E que você é capaz de fazer uma imitação perfeita do prazer.

María chorava em silêncio, olhando para o chão.

— Você é incrivelmente cruel – conseguiu dizer, por fim.

— Deixemos de lado as considerações de forma: o que me interessa é o fundo. E o fundo é que você é capaz de enganar seu marido durante anos, não apenas quanto a seus sentimentos como também quanto a suas sensações. A conclusão disso, qualquer aprendiz poderia inferir: por que você não haveria de enganar a mim também? Agora você entende por que muitas vezes questionei a veracidade de suas sensações. Sempre recordo como o pai de Desdêmona advertiu Otelo de que uma mulher que havia enganado o próprio pai poderia enganar outro homem. Quanto a mim, nada me tira da cabeça o seguinte: que você passou anos enganando Allende constantemente.

Por um instante senti o desejo de levar a crueldade a seu ponto máximo e acrescentei, embora me desse conta da vulgaridade e da torpeza do que dizia:

— Enganando a um cego.

20

Mesmo antes de dizer aquela frase eu já estava um pouco arrependido: debaixo daquele que queria dizê-la e experimentar uma perversa satisfação, um ser mais puro e mais terno se dispunha a tomar a iniciativa assim que a crueldade da frase fizesse efeito e, de certo modo, silenciosamente, já tomara o partido de María antes de pronunciar aquelas palavras estúpidas e inúteis (o que poderia conseguir, de fato, com elas?). De modo que, nem bem começaram a sair de meus lábios, já esse ser de baixo as ouvia com estupor, como se apesar de tudo não tivesse acreditado seriamente na possibilidade de que o outro as pronunciasse. E, à medida que foram saindo, começou a tomar o comando de minha consciência e de minha vontade, e sua decisão quase chega a tempo de impedir que a frase saísse completa. Nem bem terminada (porque apesar de tudo terminei a frase), já era totalmente dono de mim e me ordenava pedir perdão, humilhar-me diante de María, reconhecer minha torpeza e minha crueldade. Quantas vezes essa maldita divisão de minha consciência foi culpada de atos atrozes! Enquanto uma parte me leva a tomar uma bela atitude, a outra denuncia a fraude, a hipocrisia e a falsa generosidade; enquanto uma me leva a insultar um ser humano, a outra se compadece dele e acusa a mim mesmo daquilo que denunciou em outros;

enquanto uma me faz enxergar a beleza do mundo, a outra me aponta sua fealdade e o ridículo de todo sentimento de felicidade. Enfim, já era tarde, de todo modo, para fechar a ferida aberta na alma de María (e isso era surdamente assegurado, com remota, satisfeita malevolência, pelo outro eu que agora estava enterrado lá, numa espécie de cova imunda), já era irremediavelmente tarde. María levantou-se em silêncio, com infinito cansaço, enquanto seu olhar (quanto o conhecia!) suspendia a ponte levadiça que às vezes ela estendia entre nossos espíritos: já era o olhar duro de olhos impenetráveis. De súbito me assaltou a ideia de que aquela ponte acabara de ser erguida para sempre e, no repentino desespero, não hesitei em submeter-me às maiores humilhações: beijar seus pés, por exemplo. Só consegui que me olhasse com piedade e que seus olhos se abrandassem por um instante. Mas por piedade, apenas por piedade.

Enquanto ela saía do ateliê e me assegurava, mais uma vez, que não guardava mágoa de mim, afundei numa total aniquilação da vontade. Permaneci sem atinar com nada, no meio do ateliê, olhando um ponto fixo como um aparvalhado. Até que de repente tive consciência de que devia fazer uma série de coisas. Corri para a rua, mas María já não estava em lugar nenhum.

Corri para a casa dela de táxi, pois imaginei que ela não iria diretamente e, portanto, esperava encontrá-la quando ela chegasse. Esperei em vão durante mais de uma hora. Telefonei de um café: disseram-me que não estava e que não tinha voltado desde as quatro (a hora em que tinha saído rumo a meu ateliê). Esperei várias horas mais. Depois voltei a telefonar: disseram-me que María não estaria em casa até a noite. Desesperado, saí a procurá-la por toda parte, isto é, pelos lugares em que habitualmente nos encontrávamos ou caminhávamos: a

Recoleta, a avenida Centenario, a praça Francia, Puerto Nuevo. Não a vi em lugar algum, até que compreendi que o mais provável era, justamente, que ela caminhasse por qualquer lugar menos por aqueles que lhe recordassem nossos melhores momentos. Corri de novo até sua casa, mas era muito tarde, e provavelmente já teria entrado. Liguei novamente: de fato, tinha voltado; mas me disseram que estava recolhida e que não podia atender o telefone. Contudo, eu tinha dado meu nome.

Algo se rompera entre nós.

21

Voltei para casa com a sensação de absoluta solidão.

Em geral, essa sensação de estar só no mundo aparece mesclada a um orgulhoso sentimento de superioridade: desprezo os homens, acho que são sujos, feios, incapazes, ávidos, grosseiros, mesquinhos; minha solidão não me assusta, é quase olímpica.

Mas naquele momento, como em outros semelhantes, encontrava-me só em consequência de meus piores atributos, de minhas baixas ações. Nesses casos sinto que o mundo é desprezível, mas compreendo que eu também faço parte dele; nesses instantes sou invadido por uma fúria de aniquilação, deixo-me afagar pela tentação do suicídio, me embriago, procuro as prostitutas. E sinto certa satisfação em provar minha própria baixeza e em verificar que não sou melhor do que os sujos monstros que me rodeiam.

Naquela noite me embriaguei num café da zona do porto. Estava no pior da bebedeira quando senti tanto nojo da mulher que estava comigo e dos marinheiros que me rodeavam que saí correndo para a rua. Caminhei pela Viamonte e desci até o cais. Sentei ali e chorei. A água suja, embaixo, tentava-me constantemente: para que sofrer? O suicídio seduz por sua facilidade de aniquilação: em um segundo, todo este absurdo universo vem abaixo como um gigantesco simulacro, como se a solidez de seus arranha-céus, de seus encouraçados, de seus tanques, de suas prisões não passasse de uma fantasmagoria, sem mais solidez que os arranha-céus, encouraçados, tanques e prisões de um pesadelo.

A vida aparece à luz desse raciocínio como um longo pesadelo, do qual, no entanto, cada um pode libertar-se com a morte, que seria, assim, uma espécie de despertar. Mas despertar para quê? Essa irresolução de lançar-me ao nada absoluto e eterno foi o que me deteve em todos os meus projetos de suicídio. Apesar de tudo, o homem é tão apegado ao que existe que acaba preferindo suportar sua imperfeição e a dor que causa sua fealdade a aniquilar a fantasmagoria com um ato de vontade própria. E costuma acontecer, também, que, quando chegamos a essa beira do desespero que precede o suicídio por ter esgotado o inventário de tudo o que é mau e ter chegado ao ponto em que o mal é insuperável, qualquer elemento bom, por menor que seja, adquire um valor desproporcional, acaba tornando-se decisivo, e nos aferramos a ele como nos agarraríamos desesperadamente a qualquer talo de grama diante do perigo de rolar num abismo.

Era quase madrugada quando decidi voltar para casa. Não me recordo como, mas, apesar da decisão (que recordo perfeitamente), encontrei-me de repente diante da casa de Allende. O curioso é que não me lembro dos fatos intermediários. Vejo-me sentado no cais, fitando a água suja e pensando: "Agora preciso me deitar", e em seguida me vejo diante da casa de Allende, observando o quinto andar. Para que olharia? Era absurdo imaginar que àquela hora eu pudesse vê-la de algum modo. Fiquei ali muito tempo, estupefato, até que tive uma ideia: desci até a avenida, procurei um café e telefonei. Fiz isso sem pensar no que diria para justificar uma ligação a uma hora daquelas. Quando atenderam, depois de eu ter insistido durante uns cinco minutos, fiquei paralisado, sem abrir a boca. Desliguei, espavorido, saí do café e comecei a andar ao acaso. De repente me vi novamente no café. Para não chamar atenção, pedi uma genebra e enquanto a bebia resolvi voltar para casa.

Depois de um tempo bastante longo me vi afinal no ateliê.

Joguei-me vestido sobre a cama e adormeci.

22

Acordei tentando gritar e me vi de pé no meio do ateliê. Havia sonhado o seguinte: tínhamos de ir, eu e várias pessoas, à casa de um senhor que nos convidara. Cheguei à casa, que de fora parecia igual a qualquer outra, e entrei. Ao entrar tive a certeza quase instantânea de que não era assim, de que era diferente das outras. O dono me disse:

— Estava esperando pelo senhor.

Intuí que acabara de cair numa cilada e tentei escapar. Fiz um enorme esforço, mas era tarde: meu corpo já não me obedecia. Resignei-me a presenciar o que ia acontecer, como se fosse um acontecimento alheio a minha pessoa. Aquele homem começou a transformar-me em pássaro, em um pássaro de tamanho humano. Começou pelos pés: vi como aos poucos viravam pés de galinha, ou algo parecido. Depois continuou a transformação de todo o corpo, para cima, como água subindo num tanque. Minha única esperança estava agora nos amigos, que inexplicavelmente não tinham chegado. Quando por fim chegaram, aconteceu algo que me horrorizou: não notaram minha transformação. Trataram-me como sempre, o que provava que me viam como sempre. Pensando que o mago os iludia para que me vissem como uma pessoa normal, decidi relatar o que ele me fizera. Embora meu propósito fosse relatar o fenômeno com calma, para não agravar a situação irritando o mago com uma reação demasiado violenta (o que poderia induzi-lo a fazer algo ainda pior), comecei a contar tudo aos gritos. Então observei dois fatos assombrosos: a frase que eu queria pronunciar saiu transformada em um áspero guincho de pássaro, um guincho desesperado e estranho, talvez pelo que encerrava de humano; e, o que era infinitamente pior, meus amigos não ouviram esse guincho, como não tinham visto meu corpo de grande pássaro; ao contrário, pareciam ouvir minha voz habitual dizendo coisas habituais, pois em nenhum momento demonstraram o menor assombro. Calei-me horrorizado. O dono da casa me olhou, então, com um brilho sarcástico nos olhos, quase imperceptível e em todo caso só notado por mim. Nesse momento compreendi que *ninguém, nunca*, saberia que eu fora transformado em pássaro. Estava perdido para sempre e levaria o segredo para o túmulo.

23

Como já disse, quando acordei estava no meio do aposento, de pé, banhado em suor frio.

Olhei o relógio: eram dez da manhã. Corri até o telefone. Disseram que ela tinha ido para a fazenda. Fiquei arrasado. Durante um longo tempo permaneci deitado na cama, sem me resolver a nada, até que decidi escrever-lhe uma carta.

Não lembro agora as palavras exatas daquela carta, que era muito longa, mas eu lhe dizia, mais ou menos, que me perdoasse, que eu era um lixo, que não merecia seu amor, que estava condenado, com justiça, a morrer na solidão mais absoluta.

Passaram-se dias atrozes, sem que chegasse resposta. Enviei-lhe uma segunda carta e depois uma terceira e uma quarta, dizendo sempre a mesma coisa, mas cada vez com maior desolação. Na última, decidi contar-lhe tudo o que havia acontecido naquela noite que se seguiu a nossa separação. Não escamoteei detalhe nem baixeza, como tampouco deixei de confessar-lhe a tentação do suicídio. Envergonhou-me usar isso como arma, mas usei.

Devo acrescentar que, enquanto descrevia meus atos mais baixos e o desespero de minha solidão na noite, diante de sua casa na rua Posadas, sentia ternura para comigo mesmo e até chorei de compaixão. Tinha muitas esperanças de que María sentisse algo parecido ao ler a carta e com essa esperança alegrei-me bastante. Quando postei a carta, registrada, estava francamente otimista.

Ao voltar do correio recebi uma carta de María, cheia de ternura. Senti que parte de nossos primeiros instantes de amor tornaria a se reproduzir, se não com a maravilhosa transparência original, ao menos com alguns atributos essenciais, assim como um rei é sempre um rei, por mais que vassalos pérfidos por momentos o tenham traído e enlameado.

Queria que eu fosse à fazenda. Como um louco, preparei a mala, uma caixa de pintura e corri para a estação Constitución.

24

A estação Allende é uma dessas estações do interior com um punhado de camponeses, um chefe em mangas de camisa, um trole e alguns latões de leite.

Irritaram-me dois fatos: a ausência de María e a presença de um motorista.

Assim que desembarquei, ele aproximou-se e me perguntou:

— É o senhor Castel?

— Não – respondi serenamente. — Não sou o senhor Castel.

Em seguida pensei que seria difícil esperar o trem de volta na estação, poderia demorar meio dia ou algo assim. Resolvi, de mau humor, reconhecer minha identidade.

— Sim – acrescentei quase imediatamente –, sou o senhor Castel.

O motorista olhou-me com assombro.

— Tome – disse-lhe, entregando minha mala e minha caixa de pintura.

Caminhamos até o carro.

— A senhora María teve uma indisposição – explicou-me o sujeito.

"Uma indisposição!", murmurei com ironia. Como conhecia esses subterfúgios! Novamente me assaltou a ideia de voltar para Buenos Aires, mas agora, além da espera do trem, havia outro problema: a necessidade de convencer o motorista de que eu, de fato, não era o senhor Castel ou, talvez, a necessidade de convencê-lo de que, muito embora fosse o senhor Castel, não era louco. Refleti rapidamente sobre as diferentes possibilidades que se apresentavam e cheguei à conclusão de que, em qualquer caso, seria difícil convencer o motorista. Decidi deixar-me arrastar até a fazenda. Além do mais, o que aconteceria se eu voltasse? Era fácil prever, pois seria a repetição de muitas situações anteriores: eu ficaria com raiva, aumentada pela impossibilidade de descarregá-la em María, sofreria terrivelmente por não vê-la, não conseguiria trabalhar, e tudo em nome de uma hipotética mortificação de María. E digo *hipotética* porque nunca pude certificar-me de que represálias desse tipo realmente a mortificavam.

Hunter guardava certa semelhança com Allende (creio já ter dito que são primos); era alto, moreno, mais para magro; mas de olhar esquivo. "Esse homem é um abúlico e um hipócrita", pensei. Esse pensamento me alegrou (pelo menos foi o que pensei naquele instante).

Recebeu-me com uma cortesia irônica e apresentou-me uma mulher magra que fumava com uma piteira longuíssima. Tinha sotaque parisiense, chamava-se Mimi Allende, era malvada e míope.

Mas onde diabos María se metera? Estaria mesmo indisposta, então? Eu estava tão ansioso que quase esquecera a presença daqueles seres. Mas, ao recordar de súbito minha situação, voltei-me bruscamente para Hunter, a fim de *estudá-lo*. É um método que dá ótimos resultados com indivíduos desse gênero.

Hunter escrutava-me com olhos irônicos, que tratou de mudar no mesmo instante.

— María teve uma indisposição e se deitou – disse. — Mas acho que logo vai descer.

Mentalmente, eu maldisse a mim mesmo pela distração: com aquela gente era preciso estar constantemente em guarda; além disso, eu tinha o firme propósito de fazer um levantamento de seu modo de pensar, de suas piadas, de suas reações, de seus sentimentos: tudo era de grande utilidade com María. Dispus-me, portanto, *a escutar e ver* e tentei fazê-lo no melhor estado de espírito possível. Tornei a pensar que me alegrava o aspecto de geral hipocrisia de Hunter e da magra. Contudo, meu estado de espírito era sombrio.

— Quer dizer que o senhor é pintor – disse a mulher míope, olhando-me de olhos semicerrados, como se faz quando venta com poeira. O gesto, certamente provocado por seu desejo de minorar a miopia sem óculos (como se de óculos pudesse ser mais feia), acentuava seu ar de insolência e hipocrisia.

— Sim, senhora – respondi com raiva. Tinha certeza de que era senhorita.

— Castel é um magnífico pintor – explicou o outro.

Depois acrescentou uma série de idiotices à maneira de elogio, repetindo essas bobagens que os críticos escreviam sobre mim toda vez que eu inaugurava uma exposição: "sólido" etcétera. Não posso negar que ao repetir aqueles lugares-comuns ele revelava certo senso de humor. Vi que Mimi voltava a me examinar de olhinhos semicerrados e fiquei bastante nervoso, pensando que falaria de mim. Ainda não a conhecia bem.

— Que pintores prefere? – perguntou-me, como quem aplica uma prova oral.

Não, agora que me lembro, isso ela me perguntou depois que descemos. Tão logo me apresentou àquela mulher, que estava sentada no jardim, perto de uma mesa onde haviam colocado as coisas para o chá, Hunter me levou para dentro, até o quarto que me fora reservado.

Enquanto subíamos (a casa tinha dois andares), explicou-me que a casa, com algumas melhorias, era praticamente a mesma que o avô construíra na velha sede da fazenda do bisavô. "E eu com isso?", pensei. Era evidente que o sujeito queria parecer simples e franco, ignoro com que fim. Enquanto ele dizia alguma coisa sobre um relógio de sol, ou sobre alguma coisa relacionada a sol, eu pensava que María talvez estivesse em algum dos quartos do andar de cima. Talvez por causa de minha expressão escrutadora, Hunter me disse:

— Aqui temos vários quartos. Na realidade a casa é bem confortável, ainda que feita com um critério muito engraçado.

Lembrei-me de que Hunter era arquiteto. Restava saber o que ele entendia por construções não engraçadas.

— Este é o velho quarto de vovô, e agora quem o ocupa sou eu – explicou, apontando o quarto do meio, que ficava defronte à escada.

Depois abriu a porta de um aposento.

— Este é o seu quarto – explicou.

Deixou-me sozinho no cômodo e disse que me esperaria embaixo para o chá. Assim que fiquei só, meu coração começou a bater com força ao pensar que María podia estar em qualquer daqueles dormitórios, talvez no quarto ao lado. De pé no meio do aposento, eu não sabia o que fazer. Tive uma ideia: aproximei-me da parede que dava para o outro quarto (não o de Hunter) e bati suavemente com o punho. Esperei a resposta, mas nada aconteceu. Saí para o corredor, olhei se não havia ninguém, aproximei-me da porta ao lado e, sentindo grande agitação, ergui o punho para bater. Não tive coragem e voltei quase correndo para o meu quarto. Depois resolvi descer para o jardim. Estava muito desorientado.

25

Foi já à mesa que a magra me perguntou que pintores eu preferia. Citei atabalhoadamente alguns nomes: Van Gogh, El Greco. Ela me olhou com ironia e disse, como para si mesma:

— *Tiens.*

Depois acrescentou:

— Não me agrada essa gente importante demais. Você sabia – prosseguiu, dirigindo-se a Hunter – que sujeitos como Michelangelo ou El Greco me incomodam? É tão agressiva a grandeza e o dramatismo! Pensando bem, é quase uma falta de educação. Acho que o artista deveria impor-se o dever de nunca chamar atenção. Fico indignada diante dos excessos de dramatismo e originalidade. Veja que ser original é, de certo modo, apontar a mediocridade dos outros, o que me parece de gosto muito duvidoso. Acho que se eu pintasse ou escrevesse faria coisas que em nenhum momento chamassem atenção.

— Não tenho a menor dúvida – comentou Hunter com maldade.

Depois acrescentou:

— Tenho certeza de que você não gostaria de escrever, por exemplo, *Os irmãos Karamázov*.

— *Quelle horreur!* – exclamou Mimi, dirigindo os olhinhos para o céu. Depois completou seu pensamento:

— Todos me parecem *nouveaux-riches* da consciência, inclusive esse *moine*, como é mesmo o nome dele?... *Zozime.*

— Por que você não diz Zózimo, Mimi? A menos que queira dizer o nome em russo.

— Lá vem você com suas tolices puristas. Sabe muito bem que os nomes russos podem ser pronunciados de muitas maneiras. Como dizia aquele personagem de uma *farce*: "Tolstói ou Tolstuà, pois das duas formas pode e deve ser dito".

— Deve ser por isso – comentou Hunter – que numa tradução espanhola que acabo de ler (diretamente do russo, segundo a editora) escrevem Tolstói com trema no *i*.

— Ai, adoro essas coisas – comentou alegremente Mimi. — Certa vez eu estava lendo uma tradução francesa de Tchékhov em que surgia, por exemplo, uma palavra como *ichvochnik* (ou coisa que o valha) com uma chamada de nota. Indo para o pé da página, via-se que significava, digamos, *porteur.* Nesse caso, não consigo entender por que também não põem em russo palavras como *malgré* ou *avant.* Você não acha? Se quer saber, eu adoro essas coisas dos tradutores, principalmente em se tratando de romances russos. O senhor aguenta um romance russo?

Essa última pergunta ela a dirigiu imprevistamente a mim, mas não esperou pela resposta e prosseguiu, voltando-se de novo para Hunter:

— Sabe que eu nunca consegui terminar um romance russo? São tão trabalhosos... Aparecem milhares de sujeitos que no fim são quatro ou cinco. Mas, claro, quando você começa a se orientar em relação a um senhor chamado Alexandre, descobre que ele se chama Sacha, e depois Sachka, e depois Sachenka, e de repente ele vira uma coisa grandiosa como Alexandre Alexandrovitch

Bunine para mais adiante ser simplesmente Alexandre Alexandrovitch. Você mal começa a se orientar e tudo se confunde outra vez. É um nunca se acabar: cada personagem parece uma família. Não me diga que não é exaustivo, mesmo para você.

— Volto a repetir, Mimi, que não há motivo para você dizer os nomes russos em francês. Por que, em vez de dizer Tchékhov, você não diz Tchecóv, que é mais parecido com o original? Além do mais, esse "mesmo" é um horrendo galicismo.

— Por favor, Luisito – suplicou Mimi –, não seja maçante. Quando é que você vai aprender a disfarçar seus conhecimentos? Sempre tão cansativo, tão *épuisant*... o senhor não acha? – concluiu de repente, dirigindo-se a mim.

— Acho – respondi quase sem me dar conta do que dizia.

Hunter olhou-me com ironia.

Eu estava horrivelmente triste. Depois dizem que sou impaciente. Ainda hoje me admira ter ouvido com tanta atenção todas aquelas idiotices e, principalmente, lembrar-me tão fielmente delas. O mais curioso é que enquanto as ouvia tentava alegrar-me fazendo o seguinte raciocínio: "Essa gente é frívola, superficial. Gente assim não pode produzir em María mais do que um sentimento de solidão. GENTE ASSIM NÃO PODE SER RIVAL". E nem assim eu conseguia me alegrar. Sentia que, lá no fundo, alguém me recomendava tristeza. E o fato de não poder entender a raiz daquela tristeza me deixava mal-humorado, nervoso, por mais que tentasse me acalmar prometendo a mim mesmo examinar o fenômeno quando estivesse a sós. Pensei, também, que a causa da tristeza bem podia ser a ausência de María, mas percebi que essa ausência mais me irritava que entristecia. *Não era isso.*

Agora estavam falando de romances policiais: ouvi de repente a mulher perguntar a Hunter se ele tinha lido o último romance do *Sétimo círculo*.

— Para quê? – respondeu Hunter. — Todos os romances policiais são iguais. Um por ano ainda passa. Mas um por semana me parece demonstrar falta de imaginação do leitor.

Mimi indignou-se. Quer dizer, *fingiu indignar-se*.

— Não diga bobagens – disse. — São o único tipo de romance que consigo ler, agora. Se quer saber, adoro romance policial. É tudo tão complicado e com *detectives* tão maravilhosos, que sabem de tudo: arte da dinastia Ming, grafologia, teoria de Einstein, *baseball*, arqueologia, quiromancia, economia política, estatísticas de criação de coelhos na Índia. E depois são tão infalíveis que dá gosto. Não é verdade? – perguntou, dirigindo-se novamente a mim.

Pegou-me tão de surpresa que eu não soube o que responder.

— É verdade – disse para dizer alguma coisa.

Hunter tornou a olhar-me com ironia.

— Vou contar para o Georgie que você não tolera romance policial – acrescentou Mimi, olhando para Hunter com severidade.

— Eu não disse que não os tolero: disse que acho todos parecidos.

— Mesmo assim, vou contar para o Georgie. Ainda bem que nem todo mundo é tão pedante. O senhor Castel, por exemplo, gosta, não é?

— Eu? – perguntei horrorizado.

— Claro – prosseguiu Mimi, sem esperar minha resposta e voltando os olhos novamente para Hunter – que, se todo mundo fosse *savant* como você, seria impossível viver. Aposto que você já tem uma teoria completa sobre o romance policial.

— É verdade – concordou Hunter, sorrindo.

— Eu não disse? – comentou Mimi severa, dirigindo-se de novo a mim como se me tomasse por testemunha. — Conheço bem esse sujeito. Vamos, pode se exibir sem constrangimento. Você deve estar morrendo de vontade de explicar sua teoria.

Hunter, de fato, não se fez de rogado.

— Minha teoria – explicou – é a seguinte: o romance policial representa, no século XX, o que o romance de cavalaria representava na época de Cervantes. E mais: acho que se poderia fazer alguma coisa equivalente ao *Dom Quixote*: uma sátira do romance policial. Imaginem um indivíduo que passou a vida lendo romances policiais e que chegou à loucura de acreditar que o mundo funciona como um romance de Nicholas Blake ou Ellery Queen. Imaginem que esse pobre homem finalmente sai por aí desvendando crimes e agindo na vida real como age um *detective* num desses romances. Acho que se poderia fazer uma coisa divertida, trágica, simbólica, satírica e bonita.

— E por que você não faz? – perguntou ironicamente Mimi.

— Por duas razões: não sou Cervantes e tenho muita preguiça.

— Creio que basta a primeira razão – opinou Mimi.

Em seguida, infelizmente, dirigiu-se a mim:

— Este homem – disse, apontando para Hunter com a longa piteira – fala contra os romances policiais porque é incapaz de escrever um único deles, mesmo que fosse o romance mais maçante do mundo.

— Me dê um cigarro – disse Hunter, dirigindo-se à prima. Depois acrescentou: — Quando você vai deixar de ser tão exagerada? Em primeiro lugar, não falei contra os romances policiais: simplesmente disse que seria possível escrever uma espécie de *Dom Quixote* da nossa época. Em segundo lugar, você se engana quanto a minha absoluta incapacidade para o gênero. Uma vez tive uma bela ideia para um romance policial.

— *Sans blague* – limitou-se a dizer Mimi.

— Sério. Olhe: um homem tem mãe, mulher e filho. Uma noite matam misteriosamente a mãe. As investigações da polícia não levam a nada. Passado algum tempo matam a mulher; acontece a mesma coisa. Por fim matam o menino. O homem está enlouquecido, pois ama todos eles, principalmente o filho. Desesperado, decide investigar os crimes por conta própria. Com os habituais métodos indutivos, dedutivos, analíticos, sintéticos etc. desses gênios do romance policial, chega à conclusão de que o assassino deverá cometer um quarto assassinato, tal dia, a tal hora, em tal lugar. Sua conclusão é de que a próxima vítima será ele próprio. No dia e hora previstos, o homem vai até o lugar onde o quarto assassinato deve ser cometido e espera pelo assassino. Mas o assassino não aparece. Ele revê suas deduções: poderia ter calculado mal o lugar: não, o lugar está certo. Poderia ter calculado mal a hora: não, a hora está certa. A conclusão é horrorosa: *o assassino já deve estar no local.* Em outras palavras, *o assassino é ele próprio*, que cometeu os outros crimes em estado de inconsciência. O *detective* e o assassino são a mesma pessoa.

— Original demais para o meu gosto – comentou Mimi.

— E como termina? Você não disse que ia acontecer um quarto assassinato?

— A conclusão é óbvia – disse Hunter com pachorra. — O homem se suicida. Fica a dúvida sobre se ele se mata por remorso ou se o eu assassino mata o eu *detective*, como num vulgar assassinato. Não gosta?

— Parece divertido. Mas uma coisa é contá-lo assim, outra é escrever o romance.

— De fato – admitiu Hunter, calmo.

Depois a mulher começou a falar de um quiromante que conhecera em Mar del Plata e de uma senhora vidente. Hunter fez uma piada e Mimi se zangou:

— Você pode imaginar que tem que ser coisa séria – disse. — O marido dela é professor na faculdade de engenharia.

Os dois continuaram discutindo sobre telepatia e eu desesperado porque María não aparecia. Quando voltei a prestar atenção neles, estavam falando do estatuto do peão.

— O que acontece – sentenciou Mimi, brandindo a piteira como uma batuta – é que as pessoas não querem trabalhar mais.

Perto do fim da conversa tive uma repentina iluminação que dissipou minha inexplicável tristeza: intuí que a tal Mimi tinha chegado sem avisar e que María não descia para não ter de suportar as opiniões (que decerto conhecia à exaustão) de Mimi e seu primo. Mas, agora que penso nisso, acho que aquela intuição não foi totalmente irracional, mas consequência de certas palavras que o motorista me dissera a caminho da fazenda e nas quais de início eu não prestara a menor atenção; alguma coisa referente a uma prima do patrão que acabava de chegar de Mar del Plata para o chá. A coisa era clara: María, desesperada com a chegada repentina daquela mulher, trancara-se em seu quarto alegando uma indisposição; era evidente que não conseguia tolerar tais personagens. E, ao sentir que minha tristeza se dissipava com aquela dedução, iluminou-se bruscamente a causa da tristeza: ao chegar à casa e ver que Hunter e Mimi eram uns hipócritas e uns frívolos, a parte mais superficial de minha alma se alegrara ao ver que, sendo assim, não havia possibilidade de concorrência em Hunter; mas minha camada mais profunda se entristecera ao pensar (melhor dizendo, *ao sentir*) que María também fazia parte daquele círculo e que, de certa forma, podia ter atributos parecidos.

26

Quando deixamos a mesa para caminhar pelo jardim, vi que María se aproximava de nós, o que confirmava minha hipótese: tinha esperado aquele momento para aproximar-se, evitando a absurda conversa à mesa.

Toda vez que María se aproximava de mim em meio a outras pessoas, eu pensava: "Entre esse ser maravilhoso e mim existe um vínculo secreto" e depois, quando analisava meus sentimentos, percebia que ela começara sendo-me indispensável (como alguém que encontramos em uma ilha deserta) para mais tarde transformar-se, assim que o temor da solidão absoluta passou, em uma espécie de luxo de que eu me orgulhava, e foi nessa segunda fase de meu amor que começaram a surgir mil dificuldades; como quando alguém está morrendo de fome e aceita qualquer coisa, incondicionalmente, para depois, uma vez satisfeito o mais urgente, começar a queixar-se crescentemente de seus defeitos e inconvenientes. Nos últimos anos vi imigrantes, que chegavam com a humildade de quem escapou dos campos de concentração, aceitarem qualquer coisa para viver e fazer alegremente os trabalhos mais humilhantes; mas é bastante estranho que a um homem não baste ter escapado da tortura e da morte para viver contente: assim que ele começa a adquirir nova segurança, o orgulho, a vaidade e a soberba que aparentemente haviam sido aniquilados para sempre começam a reaparecer, como animais que tivessem fugido assustados; e de certo modo reaparecem com mais petulância, como envergonhados por terem caído tão baixo. Não é difícil em tais circunstâncias assistir a atos de ingratidão e desconhecimento.

Agora que posso analisar meus sentimentos com calma, penso que houve um pouco disso em minhas relações com María e sinto que, de certo modo, estou pagando pela insensatez de não ter me conformado com a parte de María que me salvou (momentaneamente) da solidão. Esse estremecimento de orgulho, esse desejo crescente de posse exclusiva deviam ter revelado que eu estava no mau caminho, aconselhado pela vaidade e pela soberba. Naquele momento, ao ver María aproximar-se, esse orgulhoso sentimento estava quase sufocado por uma sensação de culpa e de vergonha causada pela lembrança da cena atroz em meu ateliê, de minha estúpida, cruel e até vulgar acusação de "enganar a um cego". Senti minhas pernas afrouxarem e o frio e a palidez invadirem meu rosto. E encontrar-me assim, no meio daquela gente! E não poder prostrar-me humildemente para que ela me perdoasse e mitigasse o horror e o desprezo que eu sentia por mim mesmo!

María, no entanto, não pareceu perder o domínio de si, e comecei imediatamente a sentir que a vaga tristeza daquela tarde começava a possuir-me de novo.

Ela me cumprimentou com uma expressão muito comedida, como querendo provar para os dois primos que entre nós não havia nada além de uma simples amizade. Recordei, com mal-estar pelo ridículo da coisa, uma atitude que tivera com ela poucos dias antes. Em um daqueles arrebatamentos de desespero, dissera-lhe que algum dia queria, ao entardecer, olhar, do alto de uma colina, as torres de São Geminiano. Ela me olhou com fervor e disse: "Que maravilhoso, Juan Pablo!". Mas, quando lhe propus que fugíssemos naquela mesma noite, horrorizou-se, seu rosto se endureceu e disse sombriamente: "Não temos o direito de pensar somente em nós. O mundo é muito complicado". Perguntei o que ela queria dizer com aquilo. Respondeu-me num tom ainda mais sombrio: "A felicidade está rodeada de dor". Deixei-a bruscamente, sem me despedir. Mais do que nunca, senti que jamais chegaria a unir-me a ela de forma total e que devia resignar-me a ter frágeis momentos de comunhão, tão melancolicamente fugidios como a lembrança de certos sonhos ou como a felicidade de algumas passagens musicais.

E agora ela chegava e estudava cada movimento, calculava cada palavra, cada gesto de seu rosto. Até era capaz de sorrir para aquela outra mulher!

Perguntou-me se trouxera os estudos.

— Que estudos?! – exclamei com raiva, sabendo que estragava alguma complicada manobra, ainda que favorável a nós.

— Os estudos que o senhor prometeu me mostrar – insistiu com absoluta tranquilidade. — Os estudos do porto.

Olhei-a com ódio, mas ela sustentou serenamente meu olhar e, por um décimo de segundo, seus olhos se abrandaram e pareceram dizer: "Tenha dó de mim por tudo isto". Querida, querida María! Como sofri por aquele instante de súplica e humilhação! Olhei-a com ternura e respondi:

— Claro que trouxe. Estão no meu quarto.

— Estou muito curiosa para vê-los – disse, voltando à frieza de antes.

— Podemos vê-los agora mesmo – comentei, adivinhando sua intenção.

Tremi ante a possibilidade de que Mimi se unisse a nós. Mas María a conhecia melhor do que eu, de modo que em seguida acrescentou algumas palavras que impediam qualquer tentativa de intromissão:

— Voltamos logo – disse.

E, nem bem as pronunciou, tomou-me pelo braço com decisão e conduziu-me para a casa. Observei fugazmente os que ficavam e tive a impressão de notar um lampejo de malícia nos olhos com que Mimi olhou para Hunter.

27

Eu pensava ficar vários dias na fazenda, mas passei apenas uma noite. No dia seguinte a minha chegada, assim que amanheceu, fugi a pé, com a mala e a caixa. Minha atitude pode parecer uma loucura, mas logo se verá o quanto era justificada.

Assim que nos separamos de Hunter e Mimi, entramos na casa, subimos para pegar os supostos estudos e por fim descemos com minha caixa de pintura e uma pasta de desenhos, destinada a simular os estudos. Esse truque foi idealizado por María.

De todo modo, os primos tinham desaparecido. María começou então a sentir-se de excelente humor, e quando cruzávamos o jardim em direção à costa manifestou verdadeiro entusiasmo. Era uma mulher diferente da que eu conhecera até então, na tristeza da cidade: mais ativa, mais vital. Pareceu-me, também, que nela aflorava uma sensualidade que eu desconhecia, uma sensualidade das cores e dos cheiros: entusiasmava-se estranhamente (estranhamente para mim, que tenho uma sensualidade introspectiva, quase de pura imaginação) com a cor de um tronco, de uma folha seca, de um bichinho qualquer, com a fragrância dos eucaliptos mesclada ao cheiro do mar. E, longe de me alegrar, aquilo me entristecia e desesperançava, pois eu intuía que aquele aspecto de María me era quase totalmente alheio e que, ao contrário, de algum modo devia pertencer a Hunter ou a um outro.

A tristeza foi aumentando gradualmente; talvez também por causa do rumor das ondas, a cada instante mais perceptível. Quando saímos do jardim e apareceu diante de meus olhos o céu daquela costa, senti que a tristeza era incontornável; era a mesma de sempre perante a beleza, ou pelo menos perante certo tipo de beleza. Todos sentem isso ou trata-se de mais um defeito de minha infeliz condição?

Sentamo-nos sobre as rochas e durante muito tempo permanecemos em silêncio, ouvindo o furioso embate das ondas abaixo, sentindo em nosso rosto as partículas de espuma que às vezes chegavam até o alto do rochedo. O céu, tormentoso, lembrou-me o céu de Tintoretto no resgate do sarraceno.

— Quantas vezes – disse María – sonhei compartilhar com você esse mar e esse céu.

Passado algum tempo, acrescentou:

— Às vezes tenho a impressão de que sempre vivemos esta cena juntos. Quando vi aquela mulher solitária de sua janela, senti que você era como eu e que também procurava cegamente por alguém, por uma espécie de interlocutor mudo. Desde aquele dia pensei constantemente em você, sonhei muitas vezes com você aqui, neste mesmo lugar onde passei tantas horas de minha vida. Um dia até pensei em procurar você para lhe confessar tudo isso. Mas tive medo de me enganar, como me enganei uma vez, e esperei que de algum modo fosse você quem me procurasse. Mas eu o ajudava intensamente, chamava por você todas as noites, e cheguei a ter tanta certeza de que o encontraria que quando aconteceu, ao pé daquele elevador absurdo, fiquei paralisada de medo e só consegui dizer uma tolice. E quando você fugiu, magoado pelo que pensava ser um equívoco, corri atrás como uma louca. Depois vieram aqueles instantes na praça San Martín, em que você achou necessário explicar coisas enquanto eu tentava desorientar você, oscilando entre a ansiedade de perdê-lo para sempre e o temor de lhe fazer mal. Mas tentava desanimar você, fazê-lo pensar que eu não entendia suas meias palavras, sua mensagem cifrada.

Eu não dizia nada. Um vaivém de belos sentimentos e ideias sombrias dominava minha mente, enquanto ouvia sua voz, sua maravilhosa voz. Fui caindo em uma espécie de encantamento. O sol, ao descer, ia acendendo uma forja gigantesca entre as nuvens do poente. Senti que aquele momento mágico não voltaria a repetir-se *nunca*. "Nunca mais, nunca mais", pensei, enquanto começava a experimentar a vertigem do rochedo e a pensar que seria fácil arrastá-la ao abismo comigo.

Ouvi fragmentos: "Meu Deus... muitas coisas nesta eternidade em que estamos juntos... coisas horríveis... não somos apenas esta paisagem, mas pequenos seres de carne e osso, cheios de fealdade, de insignificância...".

O mar fora se transformando em um monstro escuro. Logo a escuridão foi total e o rumor das ondas lá embaixo adquiriu uma atração sombria: Pensar que era tão fácil! Ela dizia que éramos seres cheios de fealdade e insignificância; mas, embora eu soubesse o quanto eu mesmo era capaz de coisas indignas, desolava-me o pensamento de que ela pudesse sê-lo, que *certamente* o era. Como? – pensava – com quem, quando? E um surdo desejo de precipitar-me sobre ela e despedaçá-la com as unhas e de apertar seu pescoço até sufocá-la e atirá-la ao mar ia crescendo em mim. De repente ouvi outros fragmentos de frases: falava de um primo, Juan ou coisa assim; falou da infância no campo; tive a impressão de ouvi-la mencionar fatos "tormentosos e cruéis", ocorridos com esse outro primo. Tive a impressão de que María acabara de fazer uma confissão preciosa que eu, como um imbecil, perdera.

— Que fatos tormentosos e cruéis?! – gritei.

Mas, estranhamente, ela pareceu não me ouvir: também ela caíra numa espécie de torpor, também ela parecia estar só.

Passou-se um longo tempo, talvez meia hora.

Depois senti que ela acariciava meu rosto, como fizera em outros momentos parecidos. Eu não conseguia falar. Como fazia com minha mãe quando era pequeno, pousei a cabeça em seu colo e assim ficamos durante um tempo quieto, sem transcurso, feito de infância e de morte.

Pena que embaixo houvesse fatos inexplicáveis e suspeitos! Como desejava estar enganado, como ansiava que María não fosse mais do que aquele momento! Mas era impossível: enquanto eu ouvia as batidas de seu coração junto a meus ouvidos e enquanto sua mão acariciava meus cabelos, sombrios pensamentos se moviam na escuridão de minha cabeça, como em um porão pantanoso; esperavam o momento de sair, chafurdando, grunhindo surdamente na lama.

28

Aconteceram coisas muito estranhas. Quando chegamos à casa encontramos Hunter muito agitado (embora fosse daqueles que acham de mau gosto mostrar as paixões); tentava disfarçar, mas era evidente que alguma coisa estava acontecendo. Mimi tinha ido embora e no salão tudo estava pronto para o jantar, embora fosse evidente que estávamos muito atrasados, pois assim que chegamos notou-se uma acelerada e eficaz movimentação dos criados. Durante o jantar quase não se falou. Vigiei as palavras e os gestos de Hunter, pois intuí que lançariam luz sobre muitas coisas que vinham a minha mente e sobre outras ideias que estavam por reforçar-se. Também vigiei o rosto de María; era impenetrável. Para diminuir a tensão, María disse que estava lendo um romance de Sartre. Com evidente mau humor, Hunter comentou:

— Romances, nos tempos que correm. Que os escrevam, ainda vá lá... Mas que os leiam!

Ficamos em silêncio e Hunter não fez nenhum esforço para minimizar os efeitos do que acabara de dizer. Concluí que tinha algo contra María. Mas, como antes de sairmos para a costa não havia nada em especial, inferi que *esse algo* contra María surgira durante nossa longa conversa; difícil acreditar que não era *por causa* dessa conversa ou, melhor dizendo, por causa do longo tempo que havíamos permanecido por lá. Minha conclusão foi: Hunter está com ciúme, e isso prova que entre ele e ela existe alguma coisa além de simples relação de amizade e parentesco. Evidentemente, não era necessário que María sentisse amor por ele; ao contrário: era mais fácil supor que Hunter estava irritado por ver que María dava importância a outras pessoas. Fosse como fosse, se a irritação de Hunter era causada pelo ciúme, ele teria de mostrar hostilidade contra mim, já que não havia outra coisa entre nós. E assim foi. Se não houvesse outros detalhes, teria bastado uma olhada de soslaio que Hunter me deu a propósito de uma frase de María sobre o rochedo.

Pretextei cansaço e fui para meu quarto assim que deixamos a mesa. Meu propósito era colher o maior número de elementos de julgamento sobre o problema. Subi as escadas, abri a porta de meu quarto, acendi a luz, bati a porta como quem a fecha, e fiquei no vão escutando. Logo ouvi a voz de Hunter dizendo uma frase agitada, embora eu não pudesse discernir as palavras; não houve resposta de María; Hunter disse outra frase muito mais longa e agitada que a anterior; María disse algumas palavras em voz baixa, superpostas às últimas dele, seguidas de um ruído de cadeiras; ato contínuo ouvi os passos de alguém subindo as escadas: entrei depressa, mas fiquei escutando pelo buraco da fechadura; momentos depois ouvi passos cruzando em frente a minha porta: eram passos de mulher. Fiquei longo tempo acordado, pensando no que teria acontecido e procurando ouvir todo tipo de rumor. Mas não ouvi nada a noite inteira.

Não consegui dormir: uma série de reflexões que não tinham me ocorrido antes começou a atormentar-me. Em pouco tempo me dei conta de que minha primeira conclusão era uma ingenuidade: eu pensara (o que é correto) que não era necessário María sentir amor por

Hunter para que ele tivesse ciúme; essa conclusão me tranquilizara. Agora eu me dava conta de que, embora não fosse necessário, *tampouco era um obstáculo.*

María podia amar Hunter e ainda assim ele sentir ciúmes. Pois bem: havia motivos para pensar que María tinha alguma ligação com o primo? Se havia! Em primeiro lugar, se Hunter a importunava com ciúmes e ela não o amava, por que ela vinha tanto à fazenda? Na fazenda não morava, normalmente, ninguém além de Hunter, que era sozinho (eu não sabia se solteiro, viúvo ou divorciado, se bem que acho que certa vez María me dissera que ele estava separado da mulher; mas, enfim, o que importa é que aquele senhor morava sozinho na fazenda). Em segundo lugar, um motivo para suspeitar dessas relações era que María sempre me falara de Hunter com indiferença, isto é, com a indiferença com que se fala de um membro qualquer da família; mas nunca comentara nem sequer insinuara que Hunter fosse apaixonado por ela, muito menos que sentisse ciúme. Em terceiro lugar, María me falara, naquela tarde, de suas fraquezas. O que quisera dizer? Eu lhe relatara em minha carta uma série de coisas desprezíveis (minhas bebedeiras e as prostitutas) e ela agora me dizia que compreendia, que também ela não era apenas navios que partem e jardins no crepúsculo. O que ela podia estar querendo dizer, senão que em sua vida havia coisas tão obscuras e desprezíveis como na minha? A história de Hunter não seria uma dessas paixões baixas?

Ruminei essas conclusões e as examinei ao longo da noite sob vários pontos de vista. Minha conclusão final, que considerei rigorosa, foi: *María é amante de Hunter.*

Assim que clareou, desci as escadas com minha mala e minha caixa de pintura. Encontrei um dos empregados, que começava a abrir portas e janelas para fazer a limpeza: pedi-lhe que transmitisse meus cumprimentos ao patrão e lhe dissesse que eu me vira obrigado a voltar urgentemente para Buenos Aires. O empregado me fitou com olhos de espanto, sobretudo quando eu lhe disse, respondendo a sua observação, que iria a pé até a estação.

Tive de esperar várias horas na pequena estação. Em alguns momentos pensei que María haveria de aparecer; esperava essa possibilidade com a amarga satisfação que sentimos quando, crianças, nos escondemos em algum lugar por nos julgarmos injustiçados e esperamos a chegada de um adulto que venha nos procurar para reconhecer o erro. *Mas María não foi.* Quando o trem chegou e olhei para a estrada pela última vez, na esperança de que ela aparecesse no último momento, e não a vi chegar, senti uma infinita tristeza.

Eu olhava pela janela, enquanto o trem corria para Buenos Aires. Passamos perto de um rancho; uma mulher, sob o telheiro, olhou para o trem. Ocorreu-me um pensamento tolo: "Estou vendo aquela mulher pela primeira e última vez. Nunca voltarei a vê-la na vida". Meu pensamento flutuava como uma rolha num rio desconhecido. Ficou um momento flutuando perto da mulher sob o telheiro. Que importância tinha para mim aquela mulher? Mas eu não conseguia parar de pensar que ela existira para mim por um instante e que nunca mais voltaria a existir; de meu ponto de vista, era como se ela já tivesse morrido: um pequeno atraso do trem, alguém chamando do interior do rancho, e aquela mulher nunca teria existido em minha vida.

Tudo me parecia fugaz, transitório, inútil, impreciso. Minha cabeça não estava funcionando bem e María me aparecia repetidas vezes como uma coisa incerta e melancólica. Só horas mais tarde meus pensamentos começariam a adquirir a precisão e a violência de outras vezes.

29

Os dias que precederam a morte de María foram os mais atrozes de minha vida. Para mim é impossível fazer um relato preciso de tudo o que senti, pensei e realizei, pois, embora recorde com inacreditável minúcia muitos dos acontecimentos, há horas e até dias inteiros que me aparecem como sonhos nebulosos e disformes. Tenho a impressão de ter passado dias inteiros sob o efeito do álcool, jogado em minha cama ou num banco do Puerto Nuevo. Ao chegar à estação Constitución recordo-me muito bem de ter entrado no bar e pedido vários uísques seguidos; depois me lembro vagamente de ter me levantado, tomado um táxi e ido para um bar da avenida 25 de Mayo, ou talvez da Leandro Alem. Seguem-se alguns ruídos, música, gritos, uma risada que me deixava crispado, garrafas quebradas, luzes muito penetrantes. Depois me recordo da sensação de peso e de uma terrível dor de cabeça numa cela de delegacia, de um guarda me abrindo a porta, de um oficial me dizendo alguma coisa, depois me vejo caminhando novamente pelas ruas e coçando-me muito. Acho que entrei novamente num bar. Horas (ou dias) mais tarde, alguém me deixava em meu ateliê. Depois tive pesadelos em que caminhava pelo telhado de uma catedral. Lembro-me também de um despertar em meu quarto, no escuro, e da ideia horrorosa de que o quarto se tornara infinitamente grande e que por mais que eu corresse jamais poderia alcançar seus limites. Não sei quanto tempo pode ter passado até as primeiras luzes do amanhecer entrarem pela janela. Então me arrastei até o banheiro e entrei vestido na banheira. A água fria foi me acalmando e em minha cabeça começaram a surgir alguns fatos isolados, embora destroçados e desconexos, como os primeiros objetos que surgem à vista depois de uma grande enchente: María no rochedo, Mimi brandindo sua piteira, a estação Allende, uma venda em frente à estação chamada La Confianza ou talvez La Estancia, María perguntando-me pelos estudos, eu gritando "Que estudos?!", Hunter olhando-me torto, eu escutando de cima, com ansiedade, o diálogo entre os primos, um marinheiro atirando uma garrafa, María avançando em minha direção com olhos impenetráveis, Mimi dizendo Tchékhov, uma mulher imunda beijando-me e eu acertando-lhe um tremendo murro, pulgas picando meu corpo inteiro, Hunter falando de romances policiais, o motorista da fazenda. Também surgiram fragmentos de sonhos: novamente a catedral numa noite negra, o quarto infinito.

Depois, à medida que eu ia esfriando, aqueles fragmentos foram se unindo a outros que iam emergindo em minha consciência e a paisagem foi se recompondo, ainda que com a tristeza e a desolação das paisagens que surgem das águas.

Saí do banheiro, despi-me, vesti uma roupa seca e comecei a escrever uma carta para María. Primeiro escrevi que desejava dar-lhe uma explicação por minha fuga da fazenda (risquei "fuga" e pus "saída"). Acrescentei que apreciava muito o interesse que ela tivera por mim (risquei "por mim" e pus "por minha pessoa"). Que compreendia que ela era muito bondosa e estava cheia de bons sentimentos, apesar de que, como ela mesma me fizera saber, às vezes prevaleciam "baixas paixões". Disse-lhe que apreciava em seu justo valor aquilo de um navio partindo ou de assistir em silêncio a um crepúsculo num jardim, mas que, como ela podia imaginar (risquei "imaginar" e pus "calcular"), isso não bastava para manter ou provar um amor: que eu continuava sem entender como era possível que uma mulher como ela fosse capaz de dizer palavras de amor ao marido e a mim, ao mesmo tempo que se deitava com Hunter. Com o agravante – acrescentei – de que também se deitava com o marido e comigo. Terminava dizendo que, como ela podia perceber, aquele tipo de atitude dava muito o que pensar etcétera.

Reli a carta e me pareceu que, com as alterações mencionadas, estava suficientemente ferina. Fechei o envelope, fui até o Correio Central e despachei-a, registrada.

30

Tão logo saí do correio, percebi duas coisas: não dissera, na carta, por que inferira que ela era amante de Hunter; e não sabia o que pretendia ferindo-a tão impiedosamente: por acaso fazê-la mudar sua maneira de ser, caso minhas conjeturas estivessem corretas? Isso era evidentemente ridículo. Fazê-la correr para mim? Não era crível que conseguisse isso com tais procedimentos. Refleti, contudo, que no fundo de minha alma eu só desejava que María voltasse para mim. Mas, nesse caso, por que não dizê-lo diretamente, sem feri-la, explicando-lhe que tinha ido embora da fazenda porque de repente notara os ciúmes de Hunter? Afinal de contas, minha conclusão de que ela era amante de Hunter, além de ferina, era completamente gratuita; quando muito, era uma hipótese, que eu podia formular lá comigo com o único propósito de orientar minhas investigações futuras.

Mais uma vez, portanto, eu tinha cometido uma besteira com meu hábito de escrever cartas muito espontâneas e enviá-las em seguida. *As cartas importantes devem ser retidas pelo menos um dia* até que se vejam claramente todas as possíveis consequências.

Restava um recurso desesperado: o recibo! Procurei-o em todos os bolsos, mas não o encontrei: devia tê-lo jogado tolamente por aí. Mesmo assim, voltei correndo para o correio e entrei na fila das cartas registradas. Quando chegou minha vez, perguntei para a funcionária, fazendo um horrível e hipócrita esforço para sorrir:

— Não me reconhece?

A mulher olhou-me com espanto: decerto pensou que eu era louco. Para tirá-la do engano, disse-lhe que era a pessoa que acabara de postar uma carta para a fazenda Los Ombúes. O espanto daquela imbecil pareceu aumentar e, talvez no desejo de compartilhá-lo ou de aconselhar-se diante de algo que não conseguia entender, voltou-se para um colega; tornou a me olhar.

— Perdi o recibo – expliquei.

Não obtive resposta.

— Quero dizer que preciso da carta e não tenho o recibo – acrescentei.

A mulher e o outro funcionário se olharam, por um instante, como parceiros de baralho.

Por fim, com o tom de alguém que está profundamente pasmado, perguntou-me:

— O senhor quer a carta de volta?

— Exato.

— E nem sequer tem o recibo?

Tive de admitir que, de fato, não tinha aquele importante documento. O espanto da mulher aumentara até o limite. Balbuciou algo que não entendi e tornou a olhar para o colega.

— Ele quer uma carta de volta – gaguejou.

O outro sorriu com infinita estupidez, mas com o propósito de mostrar esperteza. A mulher olhou para mim e disse:

— É absolutamente impossível.

— Posso mostrar documentos – repliquei, tirando uns papéis.

— Não há nada a fazer. O regulamento é claríssimo.

— O regulamento, como a senhora há de entender, deve estar de acordo com a lógica – exclamei com violência, enquanto começava a irritar-me uma pinta com pelos compridos que aquela mulher tinha no rosto.

— O senhor conhece o regulamento? – perguntou-me, irônica.

— Não há necessidade de conhecê-lo, minha senhora – respondi com frieza, sabendo que o *minha senhora* devia feri-la mortalmente.

Os olhos da bruxa brilhavam agora de indignação.

— A senhora há de convir que o regulamento não pode ser ilógico: deve ter sido redigido por uma pessoa normal, não por um louco. Se eu posto uma carta e logo em seguida volto para pedir que me seja devolvida porque esqueci algo essencial, o lógico é que atendam a meu pedido. Ou será que o correio está empenhado em fazer chegar cartas incompletas ou equivocadas? É perfeitamente claro e razoável, minha senhora, que o correio é um meio de comunicação, não um meio de compulsão: o correio não pode me *obrigar* a mandar uma carta se eu não quero.

— Mas o senhor quis – respondeu.

— Eu quis! – gritei –, mas *agora não quero!*

— Não grite comigo, não seja mal-educado. Agora é tarde.

— Não é tarde, porque a carta está ali – disse eu, apontando para o cesto das cartas postadas.

As pessoas começavam a reclamar ruidosamente. O rosto da solteirona tremia de raiva. Com verdadeira repugnância, senti que todo o meu ódio se concentrava na pinta.

— Eu posso provar para a senhora que sou a pessoa que postou a carta – repeti, mostrando-lhe uns papéis pessoais.

— Não grite, não sou surda – voltou a dizer. — Eu não posso tomar uma decisão dessas.

— Consulte seu chefe, então.

— Não posso. Há muita gente esperando. Aqui temos muito trabalho, entende?

— Este assunto faz parte do trabalho – expliquei.

Alguns dos que estavam esperando propuseram que me devolvessem a carta de uma vez e seguissem em frente. A mulher vacilou um pouco, enquanto fingia trabalhar em outra coisa; por fim foi para dentro e depois de um longo tempo voltou com um humor de cão. Procurou no cesto.

— Como é o nome da fazenda? – perguntou com uma espécie de silvo de cobra.

— Fazenda Los Ombúes – respondi com venenosa calma. Depois de uma busca falsamente demorada, tomou a carta entre as mãos e começou a examiná-la como se estivesse à venda e ela duvidasse das vantagens da compra.

— Só tem iniciais e endereço – disse ela.

— E daí?

— Que documentos o senhor tem para provar que é a pessoa que postou a carta?

— Tenho o rascunho – disse, mostrando-o.

Pegou-o, olhou-o e devolveu-o.

— E como sabemos que é o rascunho da carta?

— Muito simples: abrimos o envelope e podemos verificar.

A mulher hesitou um instante, olhou o envelope fechado e depois me disse:

— E como vamos abrir esta carta se não sabemos se é sua? Eu não posso fazer isso.

As pessoas começaram a reclamar de novo. Eu tinha vontade de cometer alguma barbaridade.

— Esse documento não serve – concluiu a bruxa.

— A senhora acha que a carteira de identidade seria suficiente? – perguntei com irônica cortesia.

— A carteira de identidade?

Refletiu, olhou novamente o envelope e sentenciou:

— Não, só a carteira de identidade não basta, porque aqui estão apenas as iniciais. O senhor teria que apresentar também um comprovante de endereço. Ou então o certificado de reservista, onde consta o endereço.

Refletiu mais um instante e acrescentou:

— Se bem que dificilmente o senhor não teria mudado de casa desde os 18 anos. Portanto é quase certo que também precise do comprovante de endereço.

Uma fúria incontida acabou rebentando em mim, e senti que ela também atingia María e, o que é mais curioso, Mimi.

— Mande assim mesmo e vá pro inferno! – gritei, enquanto ia embora.

Saí do correio com um humor dos diabos e cheguei a pensar que, voltando ao guichê, poderia encontrar um jeito de atear fogo no cesto de cartas. Mas como? Atirando um fósforo? Provavelmente se apagaria no caminho. Jogando antes um pequeno jato de gasolina, o resultado seria garantido; mas aquilo complicava as coisas. De todo modo, ocorreu-me esperar a saída dos funcionários daquele turno para insultar a solteirona.

31

Depois de uma hora de espera, decidi ir embora. Afinal, o que eu ganharia insultando aquela imbecil? Por outro lado, durante aquele lapso ruminei uma série de reflexões que acabaram por me tranquilizar: a carta estava muito boa e era bom que chegasse às mãos de María. (Muitas vezes me aconteceu isto: lutar insensatamente contra um obstáculo que me impede de fazer algo que julgo necessário ou conveniente, aceitar com raiva a derrota e por fim, algum tempo depois, constatar que o destino tinha razão.) Na realidade, quando me pus a escrever a carta, eu o fiz sem refletir muito, e até algumas das frases ferinas pareciam injustas. Mas nesse momento, voltando a pensar em tudo o que antecedera a carta, subitamente recordei um sonho que tivera numa daquelas noites de bebedeira: espiando de um esconderijo eu via a mim mesmo, sentado em uma cadeira no meio de uma sala sombria, sem móveis nem decoração, e, atrás de mim, duas pessoas que se olhavam com expressões de diabólica ironia: uma era María, a outra era Hunter.

Quando recordei esse sonho, uma desconsoladora tristeza apoderou-se de mim. Deixei a porta do correio e comecei a caminhar pesadamente.

Algum tempo depois, vi-me sentado na Recoleta, em um banco que fica embaixo de uma árvore gigantesca. Os lugares, as árvores, as trilhas dos nossos melhores momentos começaram a transformar minhas ideias. Afinal de contas, o que eu tinha *de concreto* contra María? Os melhores instantes do nosso amor (uma expressão dela, um olhar terno, o contato de sua mão em meus cabelos) começaram a apoderar-se suavemente de minha alma, com o mesmo cuidado com que se recolhe um ser querido que teve um acidente e que não pode sofrer a mais leve sacudida. Aos poucos fui me levantando, a tristeza foi tornando-se ansiedade; o ódio contra María, ódio contra mim mesmo, e minha letargia, uma repentina necessidade de correr para minha casa. À medida que ia chegando ao ateliê fui percebendo o que queria: ligar, telefonar para a fazenda, imediatamente, sem perda de tempo. Como não tinha pensado antes nessa possibilidade?

Quando completaram a ligação, eu quase não tinha forças para falar. Atendeu um empregado. Disse a ele que precisava falar o quanto antes com a senhora María. Depois de algum tempo me atendeu a mesma voz, para dizer-me que a patroa telefonaria dentro de uma hora, mais ou menos.

A espera me pareceu interminável.

Não recordo bem as palavras daquela conversa ao telefone, mas lembro que, em vez de pedir perdão pela carta (o motivo que me levara a ligar), terminei dizendo a ela coisas mais fortes do que as que a carta continha. Claro que isso não aconteceu irrefletidamente; a verdade é que de início falei com humildade e ternura, mas comecei a ficar exasperado com o tom doído de sua voz e o fato de não responder a nenhuma de minhas perguntas precisas, como era seu hábito. O diálogo, mais exatamente um monólogo meu, foi crescendo em violência e, quanto mais violento era, mais doída parecia ela, e mais aquilo me exasperava porque eu tinha plena consciência de minha razão e da injustiça de sua dor. Terminei dizendo-lhe aos gritos que me mataria, que ela era uma fingida e que precisava vê-la imediatamente, em Buenos Aires.

Não respondeu a nenhuma de minhas perguntas precisas, mas finalmente, diante de minha insistência e minhas ameaças de me matar, prometeu vir a Buenos Aires, no dia seguinte, "embora não soubesse para quê".

— A única coisa que vamos conseguir – acrescentou com voz muito fraca – é magoar-nos cruelmente, mais uma vez.

— Se você não vier, eu me mato – repeti por fim. — Pense bem antes de tomar qualquer decisão.

Desliguei sem dizer mais nada, e a verdade é que nesse momento eu estava decidido a me matar se ela não viesse esclarecer a situação. Fiquei estranhamente satisfeito ao decidir aquilo. "Ela vai ver", pensei, como se se tratasse de uma vingança.

32

Foi um dia execrável.

Saí enfurecido do ateliê. Muito embora fosse vê-la no dia seguinte, estava desconsolado e sentia um ódio surdo e impreciso. Agora acho que era contra mim mesmo, porque no fundo sabia que meus cruéis insultos eram infundados. Mas me dava raiva o fato de ela não se defender, e sua voz doída e humilde, longe de me aplacar, me enfurecia mais.

Rebaixei-me. Naquela tarde comecei a beber muito e acabei arrumando confusão num bar da Leandro Alem. Apossei-me da mulher que me pareceu mais depravada e depois desafiei um marinheiro por ter feito uma piada obscena. Não lembro o que aconteceu depois, só que começamos a brigar e que fomos apartados em meio a uma grande alegria. Depois me lembro de mim com aquela mulher na rua. O ar fresco me fez bem. De madrugada levei-a ao ateliê. Quando chegamos, ela se pôs a rir de um quadro que estava sobre um cavalete. (Não sei se já disse que, desde a cena da janela, minha pintura foi se transformando paulatinamente: era como se os seres e as coisas de minha antiga pintura tivessem sofrido um cataclismo cósmico. Já falarei disso mais adiante, porque agora quero relatar o que aconteceu naqueles dias decisivos.) A mulher olhou, rindo, para o quadro e depois olhou para mim, como que pedindo uma explicação. Como vocês bem devem presumir, eu não dava a mínima para o juízo que aquela coitada podia formar a respeito de minha arte. Disse-lhe que não perdêssemos tempo com besteiras.

Estávamos na cama, quando de repente passou por minha cabeça uma ideia terrível: a expressão da romena lembrava uma expressão que certa vez eu tinha observado em María.

— Puta! – gritei enlouquecido, afastando-me com nojo. — Claro que é puta!

A romena ergueu-se feito uma cobra e me mordeu o braço até tirar sangue. Achava que eu me referia a ela. Cheio de desprezo pela humanidade inteira e de ódio, expulsei-a a pontapés de meu ateliê e disse que a mataria como a um cão se não fosse embora imediatamente. Saiu xingando aos gritos apesar de todo o dinheiro que joguei atrás dela.

Por longo tempo fiquei estupefato no meio do ateliê, sem saber o que fazer nem conseguir ordenar meus sentimentos e minhas ideias. Por fim, tomei uma decisão: fui até o banheiro, enchi a banheira de água fria, tirei a roupa e entrei. Queria clarear as ideias, por isso fiquei na banheira até me refrescar bem. Aos poucos consegui pôr o cérebro em pleno funcionamento. Procurei pensar com absoluto rigor, pois tinha a intuição de ter chegado a um ponto decisivo. Qual era a ideia inicial? Várias palavras acudiram àquela pergunta que eu mesmo me fazia. As palavras foram: romena, María, prostituta, prazer, fingimento. Pensei: essas palavras devem representar o fato essencial, a verdade profunda de que devo partir. Fiz repetidos esforços para posicioná-las na ordem correta, até conseguir formular a ideia desta forma terrível, mas irrefutável: *María e a prostituta tiveram uma expressão semelhante; a prostituta fingia prazer; portanto María fingia prazer; María é uma prostituta.*

— Puta, puta, puta! – gritei saltando da banheira.

Meu cérebro já funcionava com a lúcida ferocidade de seus melhores dias: vi nitidamente que era preciso terminar com aquilo e que eu não devia deixar-me ludibriar mais uma vez por sua voz doída e seu espírito farsante. Tinha de me deixar guiar unicamente pela lógica e devia levar, sem temor, até as últimas consequências, as frases suspeitas, os gestos, os silêncios ambíguos de María.

Foi como se as imagens de um pesadelo desfilassem vertiginosamente sob a luz de uma lâmpada monstruosa. Enquanto eu me vestia com rapidez, passaram diante de mim todos os momentos suspeitos: a primeira conversa ao telefone, com a espantosa capacidade de fingimento e a longa aprendizagem que suas mudanças de voz revelavam; as escuras sombras em torno de María, que se delatavam em tantas frases enigmáticas; e aquele seu temor de "me fazer mal", que só podia significar "vou fazer mal a você com minhas mentiras; com minhas inconsequências, com meus atos ocultos, com a falsidade de meus sentimentos e sensações", já que não poderia me fazer mal por me amar de verdade; e a dolorosa cena dos fósforos; e como de início evitara até meus beijos e como só cedera ao amor físico quando não lhe deixei alternativa senão confessar sua aversão ou, no melhor dos casos, o sentido maternal ou fraternal de seu carinho, o que, obviamente, impedia-me de acreditar em seus arroubos de prazer, em suas palavras e em suas expressões de êxtase; e também sua precisa experiência sexual, que dificilmente poderia ter sido adquirida com um filósofo estoico como Allende; e as respostas sobre o amor pelo marido, que só permitiam inferir uma vez mais sua capacidade de enganar com sentimentos e sensações apócrifos; e o círculo da família, formado por uma coleção de hipócritas e mentirosos; e a seriedade, a eficácia com que enganara seus dois primos com os inexistentes estudos do porto; e a cena durante o jantar, na fazenda, a discussão lá embaixo, o ciúme de Hunter; e aquela frase que deixara escapar no rochedo: "como me enganei uma vez"; com quem, quando, como? e "os fatos tormentosos e cruéis" com aquele outro primo, palavras que também deixara escapar inconscientemente de sua boca, como revelou ao não responder a meu pedido de esclarecimento, porque não me ouvia, simplesmente não me ouvia, voltada como estava para sua infância, na talvez única confissão autêntica que fizera na minha presença; e, por fim, aquela horrenda cena com a romena, ou russa, ou lá o que fosse. Aquela besta suja que rira de meus quadros e a frágil criatura que me alentara a pintá-los tinham a mesma expressão em um momento de suas vidas! Meu Deus, se não era para desconsolar-se com a natureza humana, ao pensar que entre certos instantes de Brahms e um esgoto existem ocultas e tenebrosas passagens subterrâneas!

33

Muitas das conclusões que tirei naquele lúcido mas fantasmagórico exame eram hipotéticas, eu não podia demonstrá-las, embora tivesse certeza de que não me enganava. Mas percebi de repente que tinha desperdiçado, até aquele momento, uma importante possibilidade de investigação: a opinião de outras pessoas. Com satisfação feroz e com clareza nunca tão intensa, pensei pela primeira vez nesse procedimento e na pessoa indicada: Lartigue. Era amigo de Hunter, amigo íntimo. É verdade que era outro indivíduo desprezível: tinha escrito um livro de poemas sobre a vaidade de todas as coisas humanas, mas se queixava por não o terem laureado com o prêmio nacional. Não me ateria a escrúpulos. Com viva repugnância, mas com decisão, telefonei para ele, disse que precisava vê-lo urgentemente, fui vê-lo em sua casa, elogiei seu livro de versos e (para seu grande desgosto, pois queria que continuássemos a falar dele) fiz-lhe à queima-roupa uma pergunta já preparada.

— Quanto tempo faz que María Iribarne é amante de Hunter?

Minha mãe não perguntava se tínhamos comido uma maçã, pois negaríamos; perguntava *quantas*, dando astutamente como sabido aquilo que ela queria saber: se tínhamos comido ou não a fruta; e nós, levados sutilmente por aquela ênfase na quantidade, respondíamos que tínhamos comido *apenas* uma maçã.

Lartigue é vaidoso mas não é bobo: suspeitou que havia algo de misterioso na minha pergunta e tentou esquivar-se respondendo:

— Disso não sei nada.

E voltou a falar do livro e do prêmio. Com verdadeiro nojo, gritei:

— Que grande injustiça cometeram com seu livro!

Saí correndo. Lartigue não era bobo, mas não percebeu que suas palavras bastavam.

Eram três horas da tarde. María já devia estar em Buenos Aires. Telefonei de um café: não tinha paciência para ir até o ateliê. Assim que ela atendeu, eu disse:

— Preciso ver você imediatamente.

Tentei disfarçar meu ódio porque temia que ela desconfiasse de algo e não fosse ao encontro. Combinamos de nos encontrar às cinco na Recoleta, no lugar de sempre.

— Se bem que não vejo o que podemos ganhar com isso – acrescentou tristemente.

— Muitas coisas – respondi –, muitas coisas.

— Você acha? – perguntou com tom de desesperança.

— Claro.

— Pois eu acho que só vamos conseguir nos magoar mais um pouco, destruir mais um pouco a frágil ponte que nos une, ferir-nos com maior crueldade... Eu vim porque você insistiu, mas devia ter ficado na fazenda: Hunter está doente.

"Mais uma mentira", pensei.

— Obrigado – respondi secamente. — Então, nos vemos às cinco em ponto.

María assentiu com um suspiro.

34

Antes das cinco eu já estava na Recoleta, no banco onde costumávamos nos encontrar. Meu espírito, já ensombrecido, caiu em total abatimento ao ver as árvores, as trilhas e os bancos que tinham sido testemunhas do nosso amor. Pensei, com desesperada melancolia, nos instantes que tínhamos passado naqueles jardins da Recoleta e da praça Francia e como, naquele tempo que parecia estar a uma distância incalculável, eu tinha acreditado na eternidade do nosso amor. Tudo era milagroso, alucinante, e agora tudo era sombrio e gelado, num mundo desprovido de sentido, indiferente. Por um segundo, o horror de destruir o pouco que restava de nosso amor, e de ficar definitivamente só, me fez vacilar. Pensei que talvez fosse possível pôr de lado todas as dúvidas que me torturavam. Que me importava o que María fosse, para além de nós dois? Ao ver aqueles bancos, aquelas árvores, pensei que jamais poderia resignar-me a perder seu apoio, mesmo que fosse apenas nesses instantes de comunicação, de misterioso amor que nos unia. À medida que avançava nessas reflexões, mais me acostumava à ideia de aceitar seu amor assim, sem condições, e mais me aterrorizava a ideia de ficar sem nada, absolutamente nada. E desse terror foi nascendo e crescendo uma modéstia como a que só os seres sem escolha podem ter. Por fim, começou a possuir-me uma transbordante alegria, ao dar-me conta de que nada se perdera e de que podia começar, a partir daquele instante de lucidez, uma nova vida.

Infelizmente, María falhou comigo mais uma vez. Às cinco e meia, alarmado, enlouquecido, voltei a telefonar. Disseram que ela havia voltado repentinamente para a fazenda. Sem reparar no que estava fazendo, gritei para a empregada:

— Mas ficamos de nos ver às cinco!

— Eu não sei de nada, senhor – respondeu-me um tanto assustada. — A patroa saiu de carro agora há pouco e disse que ficaria lá no mínimo uma semana.

No mínimo uma semana! O mundo parecia vir abaixo, tudo me parecia inacreditável e inútil. Saí do café como um sonâmbulo. Vi coisas absurdas: luzes, gente andando de um lado para outro, como se aquilo servisse para alguma coisa. Tanto eu lhe pedira para vê-la naquela tarde, tanto precisava dela! E tão pouco estava disposto a pedir-lhe, a mendigar-lhe! Mas – pensei com feroz amargura –, entre consolar-me em um parque e deitar-se com Hunter na fazenda, não havia lugar para dúvidas. E, assim que fiz essa reflexão, tive uma ideia. Não, melhor dizendo, tive a certeza de algo. Corri os poucos quarteirões que faltavam para chegar ao meu ateliê e dali telefonei para a casa de Allende. Perguntei se a patroa não tinha recebido alguma ligação da fazenda, antes de sair:

— Recebeu – respondeu a empregada, depois de uma breve hesitação.

— Uma ligação do senhor Hunter, não é?

A empregada tornou a hesitar. Tomei nota das duas hesitações.

— É – respondeu por fim.

Uma amargura triunfante me possuía agora, feito um demônio. Exatamente como eu havia intuído! Dominava-me ao mesmo tempo um sentimento de infinita solidão e um insensato orgulho: o orgulho de não estar enganado.

Pensei em Mapelli.

Ia sair correndo quando tive uma ideia. Fui até a cozinha, peguei uma faca grande e voltei para o ateliê. Quão pouco restava da velha pintura de Juan Pablo Castel! Logo teriam motivos para admirar-se, aqueles imbecis que me haviam comparado a um arquiteto! Como se um homem pudesse mudar de verdade! Quantos daqueles imbecis adivinharam que embaixo de minhas arquiteturas e da "coisa intelectual" havia um vulcão prestes a explodir? Nenhum. Logo teriam tempo de sobra para ver essas colunas em pedaços, essas estátuas mutiladas, essas ruínas fumegantes, essas escadas infernais! Aí estavam, como um museu de pesadelos petrificados, como um Museu da Desesperança e da Vergonha. Mas havia algo que eu queria destruir sem deixar nem um rastro sequer. Olhei-o pela última vez, senti que minha garganta se contraía dolorosamente, mas não vacilei: através de minhas lágrimas, vi confusamente como caía em pedaços aquela praia, aquela remota mulher ansiosa, aquela espera. Pisoteei os retalhos de tela e esfreguei-os até transformá-los em farrapos sujos. Agora nunca mais teria resposta aquela espera insensata! Agora sabia mais do que nunca que aquela espera era completamente inútil!

Corri para a casa de Mapelli, mas não o encontrei: disseram-me que estava na livraria Viau. Fui até a livraria, encontrei-o e, pelo braço, levei-o à parte; disse-lhe que precisava de seu carro. Olhou-me com espanto: perguntou-me se acontecera alguma coisa grave. Eu não tinha pensado em nada, mas na hora me ocorreu dizer que meu pai estava muito doente e que não havia trem até o dia seguinte. Ofereceu-se para me levar, mas recusei: disse-lhe que preferia ir sozinho. Voltou a me olhar com espanto, mas acabou entregando-me as chaves.

35

Eram seis horas da tarde. Calculei que com o carro de Mapelli eu poderia chegar em quatro horas, de modo que às dez estaria lá. "Boa hora", pensei.

Assim que peguei a estrada para Mar del Plata, lancei o carro a 130 e comecei a sentir uma estranha volúpia, que agora atribuo à certeza de que afinal realizaria algo concreto com ela. Com ela, que fora como alguém atrás de um impenetrável muro de vidro, alguém que eu podia ver, mas não ouvir nem tocar; e assim, separados pelo muro de vidro, tínhamos vivido ansiosamente, melancolicamente.

Nessa volúpia apareciam e desapareciam sentimentos de culpa, de ódio e de amor: ela tinha inventado uma doença e isso me entristecia; eu tinha acertado ao telefonar uma segunda vez para a casa de Allende e isso me amargurava. Ela, María, podia rir com frivolidade, podia entregar-se àquele cínico, àquele mulherengo, àquele poeta falso e presunçoso! Quanto desprezo sentia agora por ela! Busquei o doloroso prazer de imaginar essa última decisão dela da forma mais repulsiva: de um lado estava eu, estava o compromisso de me ver naquela tarde: para quê? Para falar de coisas obscuras e ásperas, para nos encontrarmos mais uma vez frente a frente através do muro de vidro, para fitarmos nossos olhares ansiosos e desesperançados, para sonhar mais uma vez aquele sonho impossível. Do outro lado estava Hunter e lhe bastava pegar o telefone e chamá-la para que ela corresse até sua cama. Como tudo era grotesco, como era triste!

Cheguei à fazenda às dez e quinze. Parei o carro na estrada, para não chamar atenção com o barulho do motor, e fui andando. O calor era insuportável, reinava uma calma angustiante e só se ouvia o murmúrio do mar. Em certos momentos, o luar atravessava as nuvens negras, e pude caminhar, sem grandes dificuldades, pelo caminho da frente, entre os eucaliptos. Quando cheguei à casa, vi que as luzes do térreo estavam acesas; pensei que ainda deviam estar na sala de jantar.

Sentia-se esse calor estático e ameaçador que precede as violentas tempestades de verão. Era natural que saíssem depois de jantar. Escondi-me em um lugar do jardim que me permitia vigiar a saída das pessoas pela escadaria e esperei.

36

Foi uma espera interminável. Não sei quanto tempo se passou nos relógios, desse tempo anônimo e universal dos relógios, que é estranho a nossos sentimentos, a nosso destino, à formação ou à ruína de um amor, à espera de uma morte. Mas de meu próprio tempo foi uma quantidade imensa e complicada, cheio de coisas e recuos, às vezes rio escuro e tumultuoso, às vezes estranhamente calmo e quase mar imóvel e perpétuo onde María e eu estávamos frente a frente contemplando-nos estaticamente, e outras vezes voltava a ser rio e nos arrastava como em um sonho para tempos de infância, e eu a via correr desenfreadamente em seu cavalo, com os cabelos ao vento e os olhos alucinados, e eu me via em minha cidadezinha do sul, em meu quarto de doente, com o rosto colado ao vidro da janela, olhando a neve com olhos também alucinados. E era como se os dois tivéssemos vivido em corredores ou túneis paralelos, sem saber que estávamos um ao lado do outro, como almas semelhantes em tempos semelhantes, para nos encontrarmos no final desses corredores, diante de uma cena pintada por mim como chave destinada somente a ela, como um secreto anúncio de que eu já estava ali e que os corredores afinal tinham se unido e que a hora do encontro havia chegado.

A hora do encontro havia chegado! Mas os corredores se uniram e nossas almas se comunicaram realmente? Que estúpida ilusão minha fora tudo aquilo! Não, os corredores continuavam paralelos como antes, só que agora o muro que os separava era como um muro de vidro através do qual eu podia ver María como uma figura silenciosa e intocável... Não, nem sequer esse muro era sempre assim: às vezes voltava a ser pedra negra, e eu então não sabia o que se passava do outro lado, o que era dela nesses intervalos anônimos, que estranhos fatos ocorriam; e até pensava que nesses momentos seu rosto mudava e que um gesto de escárnio o deformava e que havia talvez risos trocados com outro e que toda a história dos corredores era uma ridícula invenção ou crença minha e que, *em todo caso, havia um só túnel, escuro e solitário: o meu, o túnel em que transcorrera minha infância, minha juventude, toda a minha vida.* E num desses trechos transparentes do muro de pedra eu tinha visto essa moça e tinha pensado ingenuamente que ela vinha por outro túnel paralelo ao meu, quando na realidade pertencia ao vasto mundo, ao mundo sem limites dos que não vivem em túneis; e talvez tenha se aproximado por curiosidade de uma de minhas estranhas janelas e entrevira o espetáculo de minha inescapável solidão, ou tenha ficado intrigada com a linguagem muda, a chave de meu quadro. E então, enquanto eu avançava sempre por meu corredor, ela vivia, fora, aquela vida curiosa e absurda em que havia bailes, e festas, e alegria, e frivolidade. E às vezes coincidia de eu passar diante de uma de minhas janelas e ela estar a minha espera, muda e ansiosa (por que a minha espera? por que muda e ansiosa?); mas às vezes ela não chegava a tempo ou se esquecia deste pobre ser enclausurado, e então, com o rosto apertado contra o muro de vidro, eu a via ao longe sorrir ou dançar despreocupadamente ou, o que era pior, não a via em absoluto e a imaginava em lugares inacessíveis ou vis. E então sentia que meu destino era infinitamente mais solitário que o imaginado.

37

Passado esse imenso tempo de mares e de túneis, os dois desceram pela escadaria. Quando os vi de braço dado, senti meu coração ficar duro e frio como um pedaço de gelo.

Desceram lentamente como quem não tem nenhuma pressa. "Pressa de quê?", pensei com amargura. E, no entanto, ela sabia que eu necessitava dela, que naquela tarde a esperara, que sofrera horrivelmente cada um dos minutos de inútil espera. E, no entanto, ela *sabia* que no mesmo momento em que se distraía em paz eu estaria atormentado num minucioso inferno de raciocínios, de imaginações. Que implacável, que fria, que imunda besta pode viver emboscada no coração da mulher mais frágil! Ela podia fitar o céu tormentoso como estava fazendo naquele momento e caminhar de braço dado com ele (de braço dado com esse grotesco indivíduo!), caminhar lentamente de braço dado com ele pelo parque, aspirar sensualmente o odor das flores, sentar-se a seu lado sobre a relva; e, não obstante, sabendo que no mesmo instante eu, que a teria esperado em vão, que já teria telefonado para sua casa e sabido de sua viagem para a fazenda, estaria num negro deserto, atormentado por infinitos vermes famintos, devorando anonimamente cada uma de minhas vísceras.

E falava com aquele monstro ridículo! De que poderia falar María com esse infecto personagem? E em que linguagem? Ou seria eu o monstro ridículo? E não estariam rindo de mim naquele instante? E não seria eu o imbecil, o ridículo homem do túnel e das mensagens secretas?

Caminharam demoradamente pelo jardim. A tormenta estava sobre nós, negra, rasgada por relâmpagos e trovões. O pampeiro soprava com força e caíram as primeiras gotas. Tiveram de correr para se refugiar na casa. Meu coração começou a bater com dolorosa violência. De meu esconderijo, entre as árvores, senti que assistiria, por fim, à revelação de um segredo abominável mas muitas vezes imaginado. Vigiei as luzes do primeiro andar, que ainda estava totalmente às escuras. Pouco depois vi que se acendia a luz do quarto central, o de Hunter. Até esse instante, tudo era normal: o quarto de Hunter ficava em frente à escada e era lógico que fosse o primeiro a ser iluminado. Agora devia acender-se a luz do outro aposento. Os segundos que María podia empregar para ir da escada até o quarto foram tumultuosamente marcados pelas selvagens batidas de meu coração.

Mas a outra luz não se acendeu.

Meu Deus, não tenho forças para dizer que sensação de infinita solidão esvaziou minha alma! Senti como se o último barco que podia resgatar-me de minha ilha deserta passasse ao largo sem avistar meus sinais de desamparo. Meu corpo tombou lentamente, como se tivesse chegado a hora da velhice.

38

De pé entre as árvores agitadas pelo vendaval, encharcado pela chuva, senti que passava um tempo implacável. Até que, através de meus olhos molhados pela água e pelas lágrimas, vi uma luz se acender no outro quarto.

O que aconteceu em seguida eu o recordo como um pesadelo. Lutando contra a tormenta, escalei até o andar de cima pela grade de uma janela. Depois, caminhei pelo terraço até encontrar uma porta. Entrei na galeria interna e procurei o quarto dela: a linha de luz sob sua porta indicou-o inequivocamente. Tremendo, empunhei a faca e abri a porta. E, quando ela me fitou com olhos alucinados, eu estava de pé, no vão da porta. Aproximei-me de sua cama e, quando estava a seu lado, ela me disse tristemente:

— O que você vai fazer, Juan Pablo?

Pondo minha mão esquerda sobre seus cabelos, respondi:

— Tenho que matar você, María. Você me deixou sozinho.

Então, chorando, cravei-lhe a faca no peito. Ela cerrou as mandíbulas e fechou os olhos e, quando tirei a faca pingando sangue, abriu-os com esforço e me olhou com um olhar doloroso e humilde. Um súbito furor fortaleceu minha alma e cravei muitas vezes a faca em seu peito e em seu ventre.

Depois saí novamente para o terraço e desci com grande ímpeto, como se o demônio já estivesse para sempre em meu espírito. Os relâmpagos me mostraram, pela última vez, uma paisagem que nos fora comum.

Corri para Buenos Aires. Cheguei às quatro ou cinco da manhã. De um café telefonei para a casa de Allende, fiz com que o acordassem e disse que precisava vê-lo sem perda de tempo. Depois corri para a rua Posadas. O polaco estava esperando por mim na porta da rua. Chegando ao quinto andar vi Allende diante do elevador, com os olhos inúteis arregalados. Peguei-o pelo braço e arrastei-o para dentro. O polaco, como um idiota, veio atrás olhando-me espantado. Fiz com que o expulsasse dali. Assim que ele saiu, gritei para o cego:

— Venho da fazenda! María era a amante de Hunter!

O rosto de Allende ficou mortalmente rígido.

— Imbecil! – gritou entre dentes, com um ódio gelado.

Exasperado por sua incredulidade, gritei:

— O senhor é que é o imbecil! María também era minha amante e a amante de muitos outros!

Senti um horrendo prazer, enquanto o cego, de pé, parecia de pedra.

— Isso mesmo – gritei. — Eu enganava o senhor e ela enganava a todos! Mas agora não poderá mais enganar ninguém! Entende? Ninguém! Ninguém!

— Insensato! – urrou o cego com uma voz de fera e correu na minha direção com mãos que pareciam garras. Desviei para o lado e ele tropeçou numa mesinha, caindo. Com incrível rapidez, levantou-se e me perseguiu por toda a sala, trombando em cadeiras e móveis, enquanto chorava um choro seco, sem lágrimas, e gritava esta única palavra: *insensato!*

Fugi para a rua pela escada, depois de derrubar o empregado que tentou interpor-se. Possuíam-me o ódio, o desprezo e a compaixão.

Quando me entreguei, eram quase seis horas.

Através da janelinha de minha cela, vi nascer um novo dia, com um céu sem nuvens. Pensei que muitos homens e mulheres começariam a acordar e logo tomariam o café da manhã e leriam o jornal e iriam ao escritório, dariam de comer às crianças ou ao gato, ou comentariam o filme da noite anterior.

Senti que uma negra caverna ia se alargando dentro de meu corpo.

39

Nestes meses de clausura tentei muitas vezes entender a última palavra do cego, a palavra *insensato*. Um cansaço muito grande, ou talvez um obscuro instinto, impede-me reiteradamente de fazê-lo. Talvez algum dia consiga fazê-lo e então analisarei também os motivos que podem ter levado Allende ao suicídio.

Pelo menos posso pintar, embora suspeite de que os médicos riem às minhas costas, assim como suspeito de que riram durante o processo quando mencionei a cena da janela.

Só existiu um ser que entendia minha pintura. Enquanto isso, estes quadros devem confirmar-lhes cada vez mais seu estúpido ponto de vista. E os muros deste inferno serão, assim, cada dia mais herméticos.

Posfácio: Ao afagar... a mão medíocre apedreja
CAIO SARACK

"A torrente levou tanto de terras
e pedras em seu leito, que foi
constrangida a mudar de lugar."[1]
– Leonardo da Vinci

Ernesto Sabato (1911-2011) morreu antes de completar 100 anos e quase completamente cego. O escritor argentino formou-se em física, matéria com a qual trabalhou até seu doutorado, em 1938, e que em 1943 abandonou de maneira raivosa. A ciência, para Sabato, seria o condutor do mundo à catástrofe; a razão instrumentalizada, por sua maneira *específica de ver*, teria sepultado o homem ainda com vida, embora *outra* vida.

Seu itinerário crítico e literário se orientou não só em apontar o escritor e seus novos fantasmas, mas em rasgar-lhes a pele ainda anestesiada pelo utilitarismo e pela barbárie racionalizada – experienciados em seus mais absurdos efeitos nos campos de concentração, dos algozes à direita ou à esquerda.

Os campos da crítica literária, da literatura, da discussão acirrada da política dos anos 1960, 1970 e em diante descrevem um caminho de esquivas e investidas

1 Leonardo da Vinci, *Sátiras, Fábulas, Aforismos e Profecias*. São Paulo: Hedra, 2011. [TODAS AS NOTAS SÃO DO AUTOR.]

violentas, apressadas como se não houvesse nenhum outro tempo que não fosse o "aqui e agora".

Isso tudo em convivência muito desconcertante com as dinâmicas de poder e seus mais violentos detratores: em 1980, Sabato aceitou compartilhar uma mesa com o ditador Videla[2]. Mais tarde, em 1984, o mesmo escritor foi o responsável, porém, por um relatório de mais de 300 páginas sobre o terror de Estado consumado pela ditadura argentina – o documento ficou conhecido como "relatório Sabato" e deu origem ao livro *Nunca más*. A literatura na Argentina assume o campo de batalha na vanguarda. Sendo o campo da cultura latinoamericana volátil e volúvel e, ainda mais, o espaço literário, os escritores são jogados aos leões da contradição.

O autor argentino abandonou seu comunismo, seu antiperonismo e seu peronismo a fim de tentar restaurar intacta sua fé num pensamento poético esquivo, pouco esclarecido, mas perseguido com a própria vida. Sua repulsa intelectual aos autoritarismos fascistas e soviético deu-lhe a incômoda posição de alguém que, com certa facilidade, pode funcionar como ferramenta à esquerda e à direita, apontando os pés de barro das mãos de chumbo que teimam em pressionar o pescoço de seus sujeitos.

Publicou poucos livros de literatura, se comparado a outros escritores contemporâneos seus, e mesmo seus ensaios saíram pouquíssimo.

O túnel, de 1948, é seu livro de estreia; *Sobre heróis e tumbas*, de 1961, seu romance mais consagrado e pujante, mergulhará em muitos dilemas já antecipados e com

2 Autocrata que, com o Exército, golpeou a democracia argentina em 1976 e, até o ano de 1981, foi um dos grandes responsáveis pelas violências contra dissidentes, por desaparecimentos, torturas e assassinatos.

personagens mais desenvolvidas a partir das noções de *ferida* e de *promessa nunca cumprida*, que, assim parece, sempre estarão no cerne das questões existenciais das argentinas e argentinos até hoje; por fim, *Abadon, o Exterminador*, de 1974, romance final em que quebra uma vez mais e de modo mais explícito a fronteira entre ensaísmo, literatura, sociologia e filosofia, todos eles tensionados pela vida em seu estado mais comezinho e ordinário, de onde se deve esperar não a salvação ou o perigo, mas algo entre a catástrofe e a vertigem.

Seu passado de cientista acaba por fazê-lo oscilar entre o rigor de um olhar habituado, treinado pela ciência dura, e a desconfiança de quem percebe as insuficiências desse discurso tão familiar. Sugiro ao leitor e à leitora jogar o nome do autor em algum site de *streaming* de vídeos. Vemos a figura aflita de Sabato lutando para dar conta da oscilação entre o sentimento de grandeza por tratar de temas que a vida torna irrevogáveis e lidar com o corpo envergonhado por estar perdendo a vista e estar sendo abandonado pela própria habilidade de escrever. Sabato também sempre pintou, debruçando-se sobre essa arte mais tempo conforme a perda da visão se agravava. O escritor argentino assume as contradições de pensar com a cabeça quente, com as dores que um maxilar muito tenso provoca nas têmporas, enfim, com as gotas de suor que ofuscaram a vista do pensador distanciado, asséptico.

CONTRA OS HERÓIS, A TARTARUGA E AS SEREIAS

O que pode um escritor? Para que servem os mundos, as fantásticas experiências, profundas consequências de seus jogos de palavras? Embora na letra – ou seja, no campo da gramática e da lógica abstrata – uma flecha lançada deva percorrer infinitas partes de uma distância, na vida que persiste, ela perfurará o calcanhar do herói.

O pensar conseguiu fazer vencer a tartaruga contra Aquiles! Se, como na fábula, deixássemos vaidosamente a tartaruga começar poucos passos adiante, o *astuto* e quase divino personagem jamais conseguiria ultrapassá-la. Ao caminhar, o herói grego deve percorrer metade da distância já percorrida pela lentíssima tartaruga, mas, ainda que queira ultrapassá-la, precisa antes percorrer metade da metade, as partes vão se tornando pequenas, minúsculas, porém infinitas, e o herói jamais se move.

As sereias deram a Ulisses as delícias que nenhum homem jamais foi capaz de ter. Amarrado ao mastro e com seus marinheiros de ouvidos tapados (diferente do herói que perdeu para a tartaruga), conseguiu gozar do mais belo e sobre-humano canto sem perder-se, sem desaparecer. É a cena que marca a *Odisseia* e apresenta um homem *astuto* que enrola o destino a seu bel-prazer como um novelo.

A tese e a antítese dos dois parágrafos acima buscam ilustrar e dar grande alcance ao dilema (aqui em significado rigoroso de dicionário) que irrompe das produções ensaísticas e literárias de Ernesto Sabato. Explico: *alcance* porque coloca, desde a origem da dita civilização ocidental, a marca dúbia entre a astúcia da solução poética e a persuasão lógica da racionalidade. Quando confrontamos os dois casos, Ulisses e Aquiles assumem uma figura paradoxal, embora guardem algo em comum a contrapelo. Explico uma vez mais: seja para ridicularizar a potência humana diante da ciência, seja para garantir seu símbolo potente, Ulisses e Aquiles (como metonímia) concentrariam em si o interesse de um autor que quer provocar instabilidades. Quer apontar que, fosse vivo, Aquiles não estaria lá ou cá, mas caminhando – entre lá e cá – para o cadafalso: tentando fazer valer *existencialmente* o paradoxo da tartaruga, a fim de retardar a morte inevitável que o faz ranger os dentes e tremer de medo; Ulisses aparece tentando fazer as sereias cantarem uma vez mais, ainda mais alto, ainda mais belas, até a rouquidão.

Os heróis são o humano... demasiado humano na lente de Sabato. É preciso imaginar Ulisses, agora, como Sísifo: o herói de Ítaca não é só astuto, mas em sua astúcia se lhe encerram piores destinos que os pensados pelos deuses; Sísifo também é Aquiles, o ágil grego, que, na sua corrida com a tartaruga, está se enterrando em uma areia movediça, a cada gesto afundando-se. Sem saída e repetidamente.

Ernesto Sabato toma para si esta tarefa cíclica e repetitiva: fazer elevar o humano a fim de ver o que alcança de autêntico, mas seu ponto de partida é trôpego e inconsistente, afinal, o herói é um condenado, e não um sujeito autônomo. Para buscar o sentido atualíssimo de seus livros, é preciso considerar o diagnóstico doloroso de uma humanidade que se descobriu medíocre em meio a tantos avanços técnicos; que se descobriu incapaz de fazer valer uma experiência, embora já tenha flutuado no espaço sideral.

A leitura dos livros de Sabato, principalmente de *O túnel*, pode ter como chave este pêndulo: todas as suas investidas intelectuais e literárias – afinal, artísticas – servem para colidir com a ideia já pronta de humanidade e sua expressividade; todas as suas esquivas, porém, são apressadas defesas de alguém que se esqueceu de fortalecer-se nessa técnica.

Poderíamos emprestar do autor chileno Roberto Bolaño uma frase que ponha de uma só vez o que está em jogo para Ernesto Sabato: "Há tempo para fazer poesia e há tempo para boxear".[3]

3 Roberto Bolaño, *Detetives selvagens*. São Paulo: Companhia das Letras, 2006.

É preciso, para a economia deste texto, apostar numa exposição rápida, embora necessária, para compreender o itinerário crítico do nosso autor. É necessário tensioná-lo com a imagem de Jorge Luis Borges (1899-1986) e sua sombra projetada sobre todos os autores latino-americanos, poderia dizer sobre todos os autores de literatura. Sabato recorre a essa imagem gigantesca como que para mostrá-la do avesso, assume o papel radical de alguém querendo fazer sangrar um deus e, com isso, provar sua mortalidade. Monumento portenho, o escritor Jorge Luis Borges conduz a letra literária como as regras complexas dos jogos de linguagem, dos silogismos e das leis gerais da novíssima matemática para tapar o Sol com uma esfera ainda mais brilhante – *y artificial*. Borges é um Prometeu *perfeito*: rouba o sagrado e ainda, por sua perícia e habilidade, faz com que os deuses se desculpem. Perfeito, porque finalizado, encerrado numa redoma gigantesca que é sua biblioteca e todo o seu repertório, com os quais consegue criar o mundo como quem combina quantidades grandíssimas (ainda que finitas) de unidades, conseguindo ludibriar o próprio Infinito, colocando-o, agora, não mais como uma categoria racional consistente, mas sim como uma ficção tal qual num livro de areia que vai mudando suas páginas a cada folhear.

"Observe aqui", diz Borges aos deuses nórdicos, diante do véu de Maya e de qualquer imagem histórica do Absoluto, "veja a nova invenção que compilei, as novas frases que fiz repetir de outro modo o poeta Coleridge e que já foram intuídas pelo poeta que ainda existirá!"

Infinitamente grande, infinitamente pequeno. Infinitamente longe e perto. O paradoxo de Zenão assume uma outra coloração: o espaço não existe porque Borges está, ao mesmo tempo, infinitamente longe ou perto, mas nunca em outro ponto que não o deste instante; o tempo do passado e o do futuro são equidistantes; se se desdobra para o futuro, o presente já se torna passado e o futuro, presente. O tempo e o espaço são racionalizados para além da própria experiência que temos deles, isto é, quando me vejo dividindo ou coligindo seus rastros, não saio do lugar. Aonde quer que se vá, lá está o senhor de passo lento e sorriso indiferentemente alegre (ou alegremente indiferente?). Borges é *perfeito*.

Como é possível fazer sangrar uma figura como essa?

No texto de *O túnel*, pela forma como se inicia e se desenvolve a história, somos levados a lidar com a narrativa como se lêssemos as cartas de confissão detalhadas pelo autor, Juan Pablo Castel, assassino de María Iribarne. A imagem aflita e ansiosa de Castel confunde-se com a de seu escritor, e Sabato investe contra a fisionomia atônita de Borges como quem vai em direção ao Ciclope que pode devorá-lo: quem os observa não entende o motivo de estar tão feroz. Ele enxerga no ascetismo borgiano alguém que o *trai por nada, por capricho*. Sabato, por sua vez, range os dentes, escancara os olhos que não conseguem se prender em nada, que, aflitos, miram um mundo que não existe diante deles. A literatura é a ilha que nos maravilha *ou* uma jangada precária que nos movimenta. Há este axioma lógico cuja validade o autor de *O túnel* atesta: o "ou" aqui exclui uma das duas. Não há escapatória.

A LUTA CORPORAL DA LITERATURA E SEUS ADVERSÁRIOS

Há uma bela frase do poeta francês Lautréamont, dita em uma das muitas entrevistas a programas de televisão, que pode nos colocar no centro de força da novela que o leitor e a leitora têm em mãos: "Ó matemática severa, eu não me esqueci de você, pois as lições aprendidas consigo, mais doces do que o mel, penetraram em meu coração como uma onda de frescor".

Ao assumir tal princípio matematicamente existencial (ou existencialmente matemático?), o escritor investe na repetição de um mesmo tema: a vida e a morte, o sentimento sobre o limítrofe. O interessante, porém, não é esse tema como um conteúdo em si, um atestado suficiente para legitimá-lo como boa literatura, mas antes como um recurso teimoso que entra em conflito irônico com a matéria humana de seu período histórico: o homem medíocre é terrível, o humano enfraquecido é catastrófico. Ainda quando ama, sente a falta ou se enraivece perdidamente, o ser humano que Sabato investiga é incapaz de dar sentido a sua vida *e* incapaz de escancarar um derradeiro absurdo sem sentido. O tempo dessa humanidade passou, por isso não encarna, mas também por isso não desaparece.

Não é propriamente um romance em cartas, mas uma espécie de mescla de diário, confissão e novela. Essa indefinição formal, somada às características paranoicas da personagem de Castel, serve de motivos para a tarefa literária do autor. Aqui, porém, cabe uma ressalva a essa noção de tarefa – em seu livro de aforismos e ensaios, *O escritor e seus fantasmas*, Sabato escreve:

> *El principal problema del escritor tal vez sea el de evitar la tentación de juntar palabras para hacer una obra. Dijo Claudel que no fueron las palabras las que hicieron* La Odisea, *sino al revés.*[4]

4 Ernesto Sabato, *El escritor y sus fantasmas*. Buenos Aires: La Nación, 2006.

A *tarefa* assume aqui um sentido específico, contraditório em método e conteúdo, mas vivo: uma ocasião para levar ao limite a personagem como num exercício laboratorial extremo. Ao escrever, conserva-se a distância entre autor e personagem, Sabato e Castel (María, Allende e todas as outras). A literatura, porém, serve como um curto-circuito dessa distância metodológica e coloca a todos em ponto de colisão fortíssima. Castel não é Raskólnikov, não é Brás Cubas, não é o Capitão Ahab, mas sim a figura medíocre de alguém que pode ser capaz de atrocidades banalizadas e impulsos redentores, sendo que *de lá nada sai*, nem sequer uma loucura kafkiana que nos estranharia. A literatura de Sabato registra na personagem uma história sem eco e seca, porque não considera as grandes exposições metafísicas do sofrimento, as deduções transcendentais do amor genuíno; ao contrário, *O túnel* encerra (com toda a *vontade* semântica que esta palavra pode ter) um experimento que expõe pelo que não traz à tona, por uma aparição quase involuntária. As imagens de Ulisses e Aquiles com as quais apresentamos o dilema literário de Sabato tomam aqui uma proporção gigantesca diante do minúsculo Juan Pablo Castel; o caráter mais chocante é pensá-lo, por esse contraste, como um motor nada heroico, mas extremamente *produtivo*. Sem Helena, sem Troia, sem deusas, Castel cria uma história com migalhazinhas, como um neurótico que coleta da realidade as informações à revelia e sem nenhum compromisso com quem quer que seja. O herói de *O túnel* é decaído, natimorto, interrompido.

Explico: María Iribarne é uma personagem ausente, apresenta-se sempre mediada pela fragilidade violenta de Castel. María, porém, não consegue desaparecer completamente. Como um desesperado, Castel se ridiculariza a fim de expor a aparente perversão moral da mulher com quem se envolve, numa dificuldade neurótica que encaixa a mulher numa relação assimétrica de poder.

> María começou então a sentir-se de excelente humor, e quando cruzávamos o jardim em direção à costa manifestou verdadeiro entusiasmo. Era uma mulher diferente da que eu conhecera até então, na tristeza da cidade: mais ativa, mais vital. Pareceu-me, também, que nela aflorava uma sensualidade que eu desconhecia, uma sensualidade das cores e dos cheiros: entusiasmava-se estranhamente (estranhamente para mim, que tenho uma sensualidade introspectiva, quase de pura imaginação) com a cor de um tronco, de uma folha seca, de um bichinho qualquer, com a fragrância dos eucaliptos mesclada ao cheiro do mar. E, longe de me alegrar, aquilo me entristecia e desesperançava, pois eu intuía que aquele aspecto de María me era quase totalmente alheio e que, ao contrário, de algum modo devia pertencer a Hunter ou a um outro. (p. 107)

As fórmulas dos grandes romances invertem-se: María Iribarne funciona como se fosse a usurária de *Crime e castigo*, que agora amedronta Raskólnikov, ou como se fosse o mar revolto que causasse tamanho pavor no Capitão Ahab e em Ishmael, evitando mesmo o contato com a baleia. Não há espaço para a grandeza ou para autenticidade, somos convidados a observar de perto — e sem poder desviar — a constrangedora e frágil força capaz de produzir catástrofes.

> Eu não dizia nada. Um vaivém de belos sentimentos e ideias sombrias dominava minha mente, enquanto ouvia sua voz, sua maravilhosa voz. Fui caindo em uma

espécie de encantamento. O sol, ao descer, ia acendendo uma forja gigantesca entre as nuvens do poente. Senti que aquele momento mágico não voltaria a repetir-se *nunca*. "Nunca mais, nunca mais", pensei, enquanto começava a experimentar a vertigem do rochedo e a pensar que seria fácil arrastá-la ao abismo, comigo. (p. 109)

Fruto horrível da mediocridade, da banalidade, de alguém que não sustenta nem a si mesmo como interlocutor, Castel é uma personagem que constrói por subtração, cavando um profundo abismo, forma as cordilheiras que vão encerrá-lo no túnel: durante esse processo de introjeção quase plena, observa um outro ser humano com quem consegue contato, María Iribarne. A aparição do vínculo não é, porém, suficiente para sustentá-lo. Ou ainda: a persistência do vínculo não nos impede de implodi-lo em caminhos absurdos, em dejetos e cacos inúteis.

Ouvi fragmentos: "Meu Deus... muitas coisas nesta eternidade em que estamos juntos... coisas horríveis... não somos apenas esta paisagem, mas pequenos seres de carne e osso, cheios de fealdade, de insignificância...". (p. 109)

María é morta. A vida é inescapável; ainda assim, a extraviamos.

CAIO SARACK é professor e ensaísta. Formado em filosofia pela Universidade de São Paulo, também é mestre em filosofia da arte e estética com ênfase em literatura e crítica pela mesma instituição. É crítico e colaborador de jornais e cadernos de cultura.

REVISÃO Ricardo Jensen de Oliveira e Tamara Sender
CAPA E ILUSTRAÇÃO Oga Mendonça
PROJETO GRÁFICO DE MIOLO Bloco Gráfico

DIREÇÃO EXECUTIVA Fabiano Curi
DIREÇÃO EDITORIAL Graziella Beting
PRODUÇÃO GRÁFICA Lilia Góes
COMUNICAÇÃO Mariana Amâncio
DESIGN Arthur Moura Campos
COMERCIAL Fábio Igaki
ADMINISTRATIVO Lilian Périgo
ATENDIMENTO AO CLIENTE Roberta Malagodi
DIVULGAÇÃO/LIVRARIAS E ESCOLAS Rosália Meirelles

EDITORA CARAMBAIA
Av. São Luís, 86, cj. 182
01046-000 São Paulo SP
contato@carambaia.com.br
www.carambaia.com.br

Título original: *El túnel* [Buenos Aires, 1948]

1ª reimpressão, 2025

CIP-BRASIL. CATALOGAÇÃO NA PUBLICAÇÃO
SINDICATO NACIONAL DOS EDITORES DE LIVROS, RJ

S117t
Sabato, Ernesto [1911-2011]
O túnel / Ernesto Sabato; tradução Sérgio Molina;
posfácio Caio Sarack.
1. ed. – 1. reimp. São Paulo: Carambaia, 2023, 2025.
160 p.; 21 cm.

Tradução de: *El túnel*
ISBN 978-65-5461-025-4

1. Ficção argentina. I. Molina, Sérgio.
II. Sarack, Caio. III. Título.

23-84837 CDD: 868.99323 CDU: 82-3(82)
Meri Gleice Rodrigues de Souza – Bibliotecária CRB-7/6439

ilimitada

FONTE
Antwerp

PAPEL
Pólen Bold 90 g/m^2

IMPRESSÃO
Geográfica